園芸家12カ月

新装版

カレル・チャペック
小松太郎訳

中央公論新社

目次

挿画　ヨゼフ・チャペック

園芸家12カ月

新装版

庭をつくるには

庭をつくるにはいろいろな方法がある。いちばんいいのは本職の園芸家にたのむことだ。すると園芸家は、棒っきれのようなものや、小枝のようなものや、箒《ほうき》の柄《え》のようなものをいろいろ植えこんで、これがカエデで、これがサンザシで、これがライラックで、これはスタンダード、これはブッシュ、あとは原種のバラですと言う。

それから、そこいらじゅうの土を掘り、天地がえしをしたあとで、また平らにならし、掘り出した廃物で路《みち》を作り、これは宿根草《しゅっこんそう》ですと説明して、あっちこっちに枯れた葉をつっこみ、将来芝生になるように、イギリスのライグラスと、オーチャード・グラスと、フォックステイル〔1〕と、スウェーディッシュ・クローバーと、フィオリン・グラス〔2〕と称するローングラスの種をまいて、帰っていく。どこをながめても青いものは一つもなく、まるで天地創造の第一日目とでもいったような、殺風景な茶いろの土ばかりだ。

毎日たんねんに水をまいて、芝がはえ出したら路に砂利をしいてください、と園芸家はくれぐれも諸君に注意をする。よしきた。

庭に水をまくくらい、かんたんなことだ、と思うかもしれない。ことにホースを使えば。ところで、使ってみればすぐわかるが、ホースというやつは、人間が手なずけるまでは非常に陰険な動物で、うっかりできない。かがむ。はねあがる。からだの下に大きな水たまりをこしらえる。しかも、そうやって自分でこしらえたぬかるみの中へもぐるのが、なんともうれしくってたまらない。それから、水をまこうとする人間にとびかかって、ぐるぐる足に巻きつく。しかたがないから踏みつける。ところが、そうするとこんどは、はむかって、人間の腰だの、首だのにからみつく。襲撃をくったほうでは、ニシキヘビと格闘でもするような大立回りを演ずる。そのあいだに怪物は真鍮《しんちゅう》の鼻づらを上にむけ、窓のなかの洗濯したばかりのカーテンにむかって、ものすごい水柱《みずばしら》をザーッとあびせかける。そうなると、首根っこを力いっぱいぎゅっとつかまえて、できるだけ遠くへのばす以外に方法がない。すると相手は苦しがって、あばれて、水を吹く。むろん、口からではない。消火栓からだ。でなければ胴体の真ん中から。

それを手なずけるには、最初は、すくなくとも三人の手が必要だ。やがて戦場をひきあげるときには、みんな耳まで泥だらけになり、からだじゅうがびしょぬれだ。庭はどうかというと、あっちこっちにべたべたの水たまりができ、そうでないところは乾いて、地割れがしている。

それを毎日やっていると、二週間目には芝草のかわりに雑草がはえはじめる。いちばん高級の芝草の種から、どうしてこんなふさふさした、刺《とげ》だらけの雑草がはえてくるのか。これこそ自然界の神秘というものだ。りっぱな芝生がほしいと思ったら、いっそのこと雑草の種をまくべきかもしれぬ。三週間たつと芝生にはアザミだとか、その他、やたらに這いまわる、さもなければ、地下ふかく根をはった雑草がぎっしりおい茂り、抜こうとすると根の上でちぎれるか、さもなければ土のかたまりがごっそり、いっしょについてくる。やっかい者ほど生活力が強い。そういうものなのだ。

そうこうするうちに、ふしぎな物質の変化により、路に敷いた廃物がとてもねばりつけのある、ぬるぬるした粘土に変わる。

それでも、とにかく芝生から雑草を抜かなければならない。はえるたんびに、こん

きよく雑草を抜く。ひと足ごとに未来の芝生は、天地創造の第一日目はたぶんこんなふうだったろうと思われるような、はだの茶いろの土に変わっていく。ただ二、三箇所にみどりいろのつやをもった、うすい、まばらな、うぶげのようなものがはえているのに気がつく。もう疑う余地はない。これが芝だ。それから爪《つま》さきで歩きまわって、スズメをおっぱらう。ところが、そうやって土とにらめっこをしているあいだに、グースベリーとフサスグリの枝に、いつの間にか、ことし初めての小さな若葉が出ている。人間が気がつくころには、いつも春のほうがさきに来ている。

ものの考え方がすっかり変わってしまう。雨が降ると、庭に雨が降っている、と思う。日がさしても、ただきしているのではない、庭にさしているのだ。日がかくれると、庭がねむって、今日一日のつかれをやすめるんだ、と思ってほっとする。

ある日、目をあけて見ると庭じゅうがみどりになっていて、すくすく伸びた芝が露でかがやき、バラのこんもりしたしげみの中から、ふくらんだ、茶いろっぽい蕾《つぼみ》が顔を出し、庭木は大きく育ってくろぐろと枝をはり、こんもりした梢《こずえ》と、完全に腐った落ち葉の匂いで、しっとりした陰をおとしているだろう。そしてあのころの、たよりない、はだかの、茶いろの庭——初めてはえた芝草のかよわいうぶげや、摘みとった最初の貧弱な蕾、土以外にほとんど何にもないような、みすぼらしい、哀れをもよおさせるような、設計当時の庭のおもかげを思い出させるものは、何ひとつなくなっているだろう。

まあしかし、それは将来のことで、いま大切なことは除草、灌水《かんすい》、それから土の中の石をせっせとひろい出すことだ。

園芸家になるには

ちょっと考えると、園芸家は、種か、球根か、シュートか、または取木《とりき》からでも生まれそうに思われるが、案外そうではなくって、経験と、環境と、自然の条件から生まれる。子供のころわたしは、花壇を歩いたり、未熟の果実をもいだりすることをゆるされなかったので、おやじの庭に対しては、敵愾心《てきがいしん》どころか、いけないと言われることをわざとして、ざまあ見ろとよろこんだものだった。アダムもエデンの園で、花壇にはいって「知恵の木〔3〕」の実をもぐことを禁じられていた。まだ熟していなかったからだ。ところがアダムも、わたしたち子供とおなじように、やっぱり未熟の実をもいで、そのためにエデンの園を追われた。このときから「知恵の木」の実はずっと熟さないでいる。

人間は、若いうちは、花はボタンホールにさすもの、でなければ女の子に贈るものだと思っている。植物が冬眠をするものだということ、鍬《くわ》で耕され、肥料をもらい、移植され、挿木《さしき》に使われ、剪定《せんてい》され、支柱にくくられ、種ができないように咲いた花を切られ、枯れた葉をとってもらい、アブラムシやウドンコ病から保護されているものだということを、正確に知っている者はいない。

花壇を耕すかわりに女の子の尻を追い、野心を満足させ、他人のつくった人生の果実を食べ、要するに、その生活態度はだいたいにおいて破壊的だ。

素人《しろうと》園芸家になるためには、ある程度、人間が成熟していないとだめだ。言いかえると、ある程度、おやじらしい年配にならないとだめだ。おまけに、自分の庭をもっていることが必要だ。たいがいの場合、庭はエキスパートの園芸家につくらせる。そして一日のつとめがおわると、庭を歩いて花をたのしみ、鳥のさえずる声に耳をかたむけよう、と考える。そのうち自分でなにか花を一本植える。わたしが植えたのは一本のマキギヌだった。そのとき指のどこかに傷をしていて、そこからでもはいったのか、とにかく血液のなかに少量の土がはいりこんで、一種の中毒、あるいは炎症をおこした。つまり園芸熱というやつにかかったのだ。

また、隣りから伝染することがある。たとえば、隣りの庭にムシトリビランジが咲いているのを見て、ひそかに考える。

「ちくしょう、おれの庭でだって咲かんことはあるまい！　おれだったらもっとすばらしい花を咲かせてやる！」

それがきっかけになって新たにとり憑《つ》かれた園芸熱が、うまくいくたびに助長され、しくじるたびに鞭打《むちう》たれて、ますます嵩《こう》じていく。勃然《ぼつぜん》と蒐集熱《しゅうしゅうねつ》がおこり、それに拍車をかけられて、カタログに名前が出ているかぎりの植物を、片っぱしから全部育ててみようと思い立つ。

それが進むと、こんどは、一定の植物に対する猛烈な蒐集熱がおこり、いままで正常な判断力をもっていた常識人が、急にバラマニア、ダリアマニアといったような、極端な偏執狂患者になる。また、ある者は芸術的な情熱にとり憑かれて庭の模様替えばかりやり、色の配列を工夫しては、のべつまくなしに花の咲く植物を植え替える。いわゆる創作的不満にかられて、庭に植わっているものや、はえているものを、なんでもかんでも入れ替えないことには気がすまない。

ほんとうの園芸は牧歌的な、世捨て人のやることだ、などと想像する者がいたら、とんでもないまちがいだ。やむにやまれぬ一つの情熱だ。凝り性の人間がなにかやりだすと、みんなこんなふうになるのだ。

そこで、ほんとうの園芸家を見わける方法をおしえよう。

「ぜひいちど、うちへやって来たまえ。ぼくの庭をお目にかけるよ」

と、その男は言う。

そこで、相手をよろこばせようと思って出かけていくと、多年草のあいだあたりに、その男の尻がそびえているのが見える。

「すぐはいっていくから」

背なか越しにその男は言う、

「ちょっと植え替えをやってるんで……」

訪問したほうでは、

「どうか、ごゆっくり」

と、あいそよく返事をする。

しばらくすると、植え替えがおわったらしい。すぐ起きあがると、泥だらけの手で諸君の手をにぎり、よく来てくれたといわんばかりに、うれしそうな顔をして、

「まあ、ちょっとここへ来て、見てくれよ。庭はせまいけど、しかし……」

言いかけて、

「ちょっと失礼」

と、花壇のほうへしゃがんで、雑草を二、三本ひっこ抜く。

「こっちへ来たまえ。ダイアンサス・ムサレをお目にかけるよ。きっと目をまるくして、あんたはびっくりするよ。あ、しまった、ここをやわらかくしてやるのを忘れてた」

そう言うと、そのへんの土をあっちこっち掘りかえしはじめる、一五分ほどたつと、また起きあがって、言う、

「そうだ、あんたにカンパニュラ・ウィルソニーを見せようと思ったんだ。カンパニュラのうちでいちばん花がきれいなんだ。こいつはね。――ちょっと待ってくれたまえ、あそこのデルフィニウム〔4〕をくくってやらなきゃならない」

結びおわるやいなや、思い出す。

「やあ、そうだ、あんたはオランダフウロソウを見たいって言ってたね。――ちょっと待ってくれたまえ」

と、その男は口の中で言う。

「ちょっとこのアスターをここへ植え替えるから、あんまりまわりが狭くなりすぎた」

それからあとは、園芸家の尻を多年草のあいだにつき出させておいて、そのまま足音をしのばせて、こっそりその場を逃げ出す。

また会うと、すぐに彼はこう言う、

「ぜひうちへやって来ないか。バラが咲いてるよ。あんなすばらしいバラを、あんた、見たことないよ。じゃあ、来るね？　きっとだぜ」

まあいいや、それでは、一年の季節がどんなふうにうつり変わるものか、彼のところへ見に行くとしよう。

1月の園芸家

「園芸家にとっては、一月という月もけっしてひまではない」と、園芸の本には書いてある。たしかにそうだ。一月は、天候の手入れをする月だから。天候ってやつは妙なものだ。ぜったいに順調ということがない。かならず予想がはずれる。温度が、一〇〇年間の平均温度とぴったり一致するということは、ぜったいない。かならず、五度高いか、五度低いかだ。雨量は、標準より一〇ミリ低いか、二〇ミリ高いかにきまっている。旱魃《かんばつ》でなければ、かならず過湿だ。天候になんのかかわりのない人間でさえ、天候に文句をつける理由はいくらでもある。いわんや園芸家においてをや！

雪の降り方がすくないと、降りたらんと言って不平をいう。多すぎると、松柏類《しょうはくるい》やバラが折れなきゃいいがと言って大さわぎをする。ぜんぜん降らないと、寒害でやられるかもしれんと苦情をいう。雪どけになると、それにともなってやって来る気ちがい風をのろう。このころの風は、わるい癖で、そだその他の霜よけのまわりをかけまわり、ともすると小さな庭木を折りたがる。一月に太陽がさそうものなら、園芸家は、樹液があんまり早く動きだしてはと、頭をかきむしって気をもむ。雨が降ると、高山植物が心配になる。乾きすぎると、シャクナゲとヒメシャクナゲが気になって、胸もつぶれる思いがする。

彼を満足させるのは、いとたやすいことだ。正月元旦から三十一日までは零下九度で、降雪一二七ミリ（軽い雪で、それも、できれば降りたてのがいい）、曇りがちで、おだやかで、さもなければ西風がそよそよと吹いてくれれば、何も言うことはない。ところが、われわれ園芸家のことを心配してくれる者はひとりもいない。「きみたちは天候がどうであればいいのか」そう言ってきいてくれる者なんか、ひとりもいない。だから、世界がこんなふうなのだ。

園芸家がいちばんおそれるのはブラック・フロストの襲来だ（「黒い霜」といっても霜ではない。乾燥した猛烈な寒さがおそってくると、植物の葉や芽が黒くなるからだ）。大地はこわばって、骨まで干上がる。日ごと夜ごとに寒さがはげしくなる。園芸家は、石のようにかちかちになった、死んだような土の中で寒さにふるえている根を思い、

からからに乾いた氷のような風が、骨の髄までしみこんでくる枝を思い、秋のうちに持物全部をふところにしまいこんだまま、こごえるように寒がっている球根を思う。役に立つとわかっていれば、ヒイラギにはわたしの着ている上衣を着せてやるんだが。ネズの木にはわたしのはいているズボンをはかせよう。アザレア・ポンチカ[5]よ、おまえにはわたしのワイシャツをぬいでやろう。アメリカツボサンゴよ、おまえにはわたしの帽子をかぶせよう。それからコレオプシス、おまえに残ってるものは、もう、靴下きりだ。感謝して受けとっておくれ。

天候に一ぱいくわせて、変わらせる手はいろいろある。たとえば、わたしのもっているうちでいちばん暖かい服を着ようと決心すると、例外なしに、かならず温度が上がる。友達と山へスキーに行く約束をすると、たちまち雪がとけはじめる。また、だれかが、近年にない猛烈な寒さだとか、健康そうな赤い頬だとか、スケート場の雑沓《ざっとう》だとかいったような現象について、なにか新聞に書くと、その文章が印刷された瞬間に、ちょうど雪がとけはじめる。そして世間がその記事を読むころには、外にはもう、生まあったかい雨が降っていて、寒暖計は氷点より上で八度をさしている。すると読者は、むろん、新聞なんていいかげんなもんさ、と言う。——新聞こそいい迷惑だ。ところがその半面において、いくら呪《のろ》おうが、泣こうが、「こんちくしょう」と言おうが、「ブルブルッ」と言おうが、どんな言葉も、天候を左右することはできないのだ。

　一月の植物といえば、いちばん世間に知られているのは、いわゆる「窓ガラスに咲く花」だ。この花を咲かせるには、室内の空気に多少とも人間のはき出した水蒸気が含まれていないといけない。空気が完全に乾燥していると、花どころか、

縫い針一本ガラスにつくりだすことさえできない。つぎに、窓のどこかにすきまがないといけない。窓のあいだからすきま風がはいってくると、その方向に「氷の花」ができるのだ。だからこの花は、金持の家よりも貧乏人の家のほうが育ちがいい。金持のところでは窓がぴったりしまるからだ。

氷の花の植物学的特徴は、それがじっさいは花ではなくて、葉であるという点にある。この葉はキクヂシャと、パセリと、セロリの葉に似ている。またチョウセンアザミ属、ヤハズアザミ属、ナベナ属、ハアザミ属、その他のアザミ類に似ている。またオオヒレアザミ、シャールマンアザミ、アザミ、ノタバシス属、ヒゴタイサイコ属、ヒゴタイ属、チャボアザミ、サフランアザミ、ハナウド、その他の、葉に刺《とげ》のある、歯のある、さけた、羽のようなかっこうをした、しっぽをもった、切れめのある、あるいは両びきのノコギリのような形の葉をもった植物と比較することができる。ときとすると、シダかシュロの葉に似ることがある。またときとすると、トショウ〔杜松〕の葉に似ることがある。しかし花は咲かない。

だから、園芸の本に書いてあるとおり――もっとも、これはたしかに気やすめのために書いたものにちがいないのだが――「園芸家にとっては、一月という月もけっしてひまではない」のだ。

　だいいち、霜でくずれやすくなっているから、土を耕すことができる。よしきた！　というので、年があらたまるやいなや、園芸家は土を耕しに庭へとび出す。園芸家はシャベルをとりあげて仕事にかかる。石のようにかちかちの土と、やっきになって奮闘したすえ、やっとシャベルをへし折ることに成功する。こんどは鍬がこわれないと思うと、柄が折れる。そこでこんどは鶴嘴《つるはし》をとりあげる。まずそれで、去年の秋に植えたチューリップの球根を、どうにかこうにかたたき切ることに成功する。のこる手段はただ一つ、たがねと金槌《かなづち》で土をけずることだ。むろんこれは非常に気のながい方法で、じきにかんしゃくがおきる。ダイナマイトを使って土を爆破すればいいかもしれないが、ふつう園芸家はダイナマイトをもっていない。しょうがない、それなら、雪どけの陽気がやって来るまで、土は放っておこう。

　そういっているうちに、にわかに雪どけ模様になる。園芸家はまた土を耕すために、庭にかけだす。しばらくすると、うわっつらの、とけた土をごっそり靴にねぎつけて、家にもってはいる。それでも園芸家はうれしそうに顔をかがやかせて、もう土がやわらかくなったよ、と大声でいう。そうこうするうちに、いやでも「春の準備」をしな

いわけにいかなくなる。「地下室にほんのすこしでもかわいた場所があったら、鉢栽培のために混合土をこしらえておきましょう。腐葉土と、混合肥料と、腐熟《ふじゅく》した牛糞に少量の砂を加えて、よくまぜ」、すてきだ！　ところで地下室にはコークスと石炭がおいてある。女ってやつは、どこもかも、家庭用のつまらないがらくたでふさいじまうんだからな。寝室にだったら、そうとうたくさん混合土を積んでおく場所はあるんだが……。

「冬のあいだを利用して、アーチや、パーゴラや、あずまやの修理をしましょう」たしかにそのとおり！　ところが、あいにくわたしの家には、パーゴラも、アーチも、あずまやもない。「芝を植えるのは一月でもできます……」場所さえあればだ。まさか次の間や屋根裏に植えるわけにもいくまい。「とくにガラス室の温度に注意をしてください」したいのは山々だが、わたしのうちにはガラス室がない。園芸書なんて、たいして役に立たないものだ。

＊

要するに待つことだ。待つこと！　ああ、この一月という月は、なんだってこう長いんだろう！　せめて今が二月だったら……。

「二月になれば、もうちょっと庭で仕事ができるかな？」

「そりゃあ、できるさ。三月になってからだって」

そうこうするうちに、なにひとつ面倒を見てもやらなかったクロッカスと、スノードロップスが、いつのまにやら土をやぶって庭に咲く。

木灰《きばい》をまぜるといいと言う者がいるかと思うと、いけないと言う者がいる。また、黄いろい色をした砂には鉄分がふくまれているから、少量加えるといいと言う者がある。かと思うと、また、黄いろい色をした砂には鉄分がふくまれているから気をつけなきゃいかんと言う者がある。ある者は清潔な川砂がいいと言い、ある者はピート〔泥炭〕だけでやるのがいいと言う。また、なかには、おがくずがいいと言ってすすめる者もいる。要するに、播種《はしゅ》用土の準備ということは重大な秘法であり、魔法の儀式なのだ。そのなかに大理石の粉末を入れなきゃいかん。（しかし、どこへ行って頼んだら手にはいるだろう？）三年たった牛の糞（ただし、三歳になる牛の糞の意味か、三年積んでおいた牛糞の堆肥《たいひ》の意味か、はっきりしない）、できたてのもぐら塚を一つまみ、焼かない煉瓦《れんが》の粘土の粉末、エルベ河の砂（その支流のモルダウ河の砂はいけない）、三年たった温床の土、キンシダ〔6〕の腐植土、それから首吊りをした処女の墓の土、それらをまんべんなく、よくまぜあわせる。（新月の夜がいいか、満月の夜がいいか、真夏の夜がいいか、その点については園芸書には何にも書いてない。）

つぎに、三年間太陽であたためた水のなかに鉢をひたし、その鉢にこの霊験《れいげん》あらたかな土を入れ、鉢の底に煮沸《しゃふつ》消毒をした鉢の破片と、木炭を入れる。（もっとも、木炭を入れることについては、反対をとなえている大家もある。）――根本的に相容《あいい》れない何百種類かの処方をことごとく考慮しながら、以上の準備がおわると、それからいよいよ種まきだ。

ところで種の話になるが……、あるものは、見たところ嗅《か》ぎたばことそっくりであり、あるものは白っぽく、色があせていて、まるでシラミの卵のようであり、またあるものは暗褐色《あんかっしょく》で、つやつやしていて、足をもぎ取ったノミのようだ。あるものは紙のように薄く、あるものは丸くて、ころころしており、あるものは針のように細い。羽のはえたもの、刺のあるもの、綿毛のあるもの、はだかのものもあれば、毛のはえたものもある。台所のアブラムシのように大きなものもあれば、日なたで見る埃《ほこり》のように小さなものもある。まったく、一つとしておなじものはなく、一つとして特徴のないものはない。生命というものは、じっさい複雑だ。あの大きな、もじゃもじゃ毛のはえたばけものから、背のひくい、かさかさのアザミがはえるかと思うと、あの黄いろいシラミの卵から、ばかでかいイワレンゲがはえる。ほんとうと思えない。

ところで、諸君は種をまく。あたたまった水の上に鉢をのせて、その上にガラスをかぶせ、室内温度が四〇度をたもつように、窓をしめて、カーテンで日光をさえぎる。さて、それがすむと、これからいよいよ、種まきをやる連中の、真剣の大仕事がはじまる。つまり、待つという仕事が。上着もチョッキもぬぎすて、汗をたらたら流しながら、息をころして鉢の上にかがみこみ、はやくはえろ、はやくはえろ、と、目でおびき出す。

一日目には、何にも出てこない。待つほうでは、ベッドにはいっても寝がえりばかりして、夜の明けるのが待ちきれない。

二日目になると、霊験あらたかな土の上に、わたくずのようなカビが一かたまりあらわれる。待っていたほうでは、これこそ生命の最初のあらわれとよろこぶ。

三日目になると、長い、白い、小さな足の上に何かはい上がって、正気と思えないほどぐんぐんのびる。待っていたほうは、もう出てきたと、歓声をあげかねないばかりによろこんで、最初の芽ばえを掌中《しょうちゅう》の玉のごとく大事にする。

四日目には、はやくもその芽ばえが、想像もおよばないぐらいの高さにのびる。そのときになって、ひょっとすると雑草ではあるまいか、という不安がおこる。まもなくそれが、たんなる杞憂《きゆう》でないことがわかる。鉢の中でぐんぐん背丈《せたけ》をのばす最初の細長い芽が、だんだん雑草の正体をあらわしていく。察するに、これは何か自然の法則と関係があるらしい。

さて八日目か、もっとあとになって、何の前ぶれもなく、ある神秘な、思いもかけぬ瞬間に（まだかつて見た者もなく、現場をつかまえた者もいないからだ）、突然、音もなく土がわれて、最初の芽があらわれる。植物は、種から下にむかって、根のようにはえるか、もしくはジャガイモのように、種イモから上にむかってはえるものだとばかり、わたしは思っていた。ところが、じっさいはそうではない。ほとんどすべての植物が、自分の種を帽子のように頭にのせながら、上へむかってはえるのだ。想像してみたまえ。かりに赤ん坊が生まれるとすると、母親を頭の上にのっけて生まれるのだ。自然界の不思議とよりほかに呼びようがない。ほとんどすべての幼芽《ようが》が、もののみごとにこの軽業《かるわざ》をやってのける。ますます大胆に空高く種をさし上げ、しまいには落とすか、投げだすかしてしまう。それが、いま、ここにはえている。はだかで、ちょっとさわれば折れそうにやわらかく、まるく、ずんぐりして、あるいは痩せて、上におかしな小さな葉を二枚もち、その二枚の小さな葉のあいだに、やがて何か出てくる。

何が出てくるか、まだ言わずにおこう。まだ言うところまでいっていない。ただ一本の白っぽい、小さな足の上にのった、ごくちっぽけな二枚の葉にすぎない。しかし、ひどくかわっている。非常に変種が多いのだ。おなじ植物でも一本一本がみんなちがっている——。それから、何を言おうとしてたのだっけ？　そうだ、何にも言うことはなかったのだ。ただ、生命というものは、想像もおよばぬくらい複雑なものだということ、それだけだ。

2月の園芸家

園芸家にとって、二月は一月の作業のひきつづきだ。おもな仕事は天候の手入れだ。二月は、ブラック・フロスト（乾燥した、猛烈な寒さ）と、太陽と、湿気と、風で、園芸家がおびやかされる油断のならない時期だ、ということをわすれてはいけない。この、一年じゅうでいちばん短い月、この流産の月、この月たらずの、ぜんぜん信頼のできない閏月《うるうづき》は、不機嫌なことと、変わりやすいことにかけては、断然ほかの月よりうわてだ。

だから、用心しなければいけない。昼間は甘言をもって灌木《かんぼく》の芽をおびき出し、夜になるとその芽を火あぶりにする。一方の手でわたしたちをさすりながら、もう一方の手でわたしたちの鼻の頭をはじくのだ。よりにもよって、どうして閏年にかぎり、このうつり気な、カタル性の、陰険な、一寸法師の月を一日ふやすのか、その理由がわからない。閏年には、五月というあのすばらしい月を、一日ふやして三二日にすればいい。そうすればすむのだ。なんのむくいで、われわれ園芸家はこんな目にあわされるのか？

二月のシーズンのもう一つの仕事は、春のいちばん初めのきざしを嗅ぎ出すことだ。園芸家は、春のさきがけとしてふつうよく新聞に報道される、今年初めてのカブトムシだとかチョウだとかは、ぜんぜん重要視しない。だいいち園芸家は、カブトムシなどはてんで問題にしない。つぎに、今年の初めてのチョウというやつは、ふつう、前の年に死ぬことをわすれた、しんがりのチョウなのだ。園芸家の見張っている、春のいちばん初めのきざしは、もっとたしかだ。それはつぎのようなものだ。

1　芝生のなかに、ふくらんだ、太い芽の先をニョキッとつき出すクロッカス。そのうちそのとがった先が割れて（もっとも、割れるところを、そばで見た者はないが）、なんとも言えない、きれいなみどりいろをした、ひと束の葉ができる。これが春の最初のきざしだ。

2　郵便配達夫がもってくる園芸カタログ。もっとも、園芸家はこのカタログをそらでおぼえている。（たとえばホメロスの『イリアス』が「女神よ、ギリシア人たちに……」ではじまっているように、このカタログはアセーナ、アカントリモン、アカンサス、アキレア、アコニタム、アデノフォラ、アドーニス……ではじまっている。園芸家である以上、こんなものはみんな暗記している。）にもかかわらず、アセーナからワーレンベルギア、あるいはユッカまで、ていねいに目をとおして、何を注文したものかと、心の中で血みどろのたたかいをはじめる。

3

もう一つ、春のメッセンジャーとしてスノードロップスがある。はじめは土の中からそっとのぞいている、ほんのこれっぽっちの、とがった頭にすぎない。つぎに、その頭がわかれて、厚ぼったい二枚の葉になる。それっきりだ。ときによると、早くも二月の上旬に花が咲くことがある。どんなにみごとな勝利の椰子《やし》〔7〕も、どんな知恵の木も、どんな名誉の月桂樹〔8〕も、つめたい風にゆられている蒼白い茎に咲いた、この白いやさしいうてなの美しさにはおよばない。

4　隣家のあるじたちもまた、信頼できる春のきざしの一つだ。彼らがシャベルだの、鍬だの、鋏《はさみ》だの、ラフィアだの、木の幹や枝に塗りつけるホワイト・ウォッシュだの、農薬や肥料など土壌に散布するためのあらゆる種類の粉をもって、庭にとび出すのを見るやいなや、熟練した園芸家はたちまち、春が近づいたことを知る。そこで彼も、隣家のあるじたちに、春が近づいたことをみとめさせるために、さっそく古ズボンに足をとおし、シャベルと鍬をひっさげて庭にとび出し、おたがいにこのうれしいニュースを、垣根ごしに大ごえでさけびあう。

土はやわらかくなった。しかし、みどりの葉はまだ見せていない。まだ、はだかで待っている土にすぎない。今こそ肥料をやって、掘りおこし、土をくだいて、耕す時だ。すると園芸家は、土が重すぎるとか、粘りがつよすぎるとか、砂が多すぎるとか、酸性がつよすぎるとか、あるいは乾きすぎるとかいうことに気がつく。要するに、なんとかして土壌を改良しようとする熱意が、勃然としてわいてくる。

土壌を改良する材料は無数にある——これはけっしてうそではない。ただ、あいに

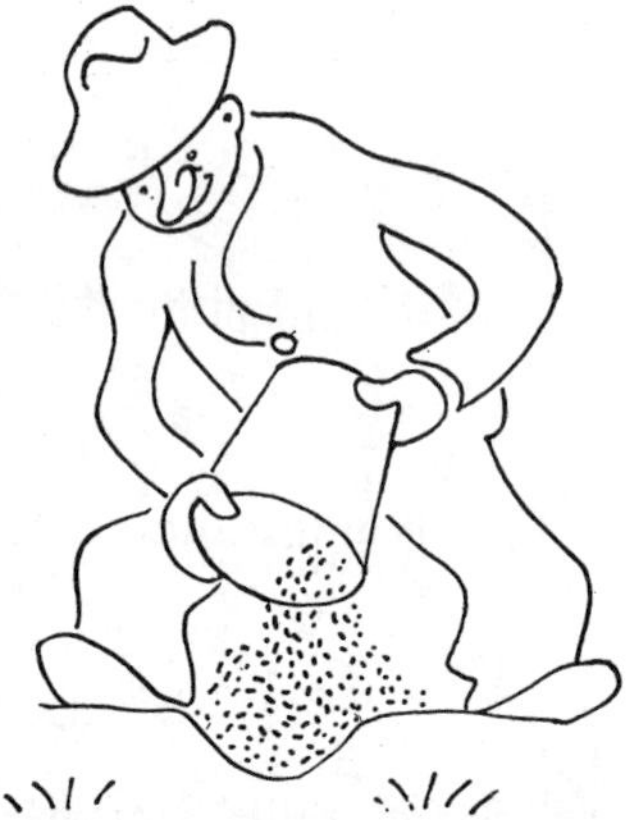

く、園芸家の手もとには、たいがい材料がない。ことにグアーノ〔9〕だとか、ブナの木の葉だとか、腐熟した牛糞だとか、古漆喰《ふるしっくい》〔10〕だとか、古いピートだとか、積みおきの芝草土だとか、風雨にさらされたもぐら塚だとか、腐木土だとか、川砂だとか、沼底の土だとか、池の底の舞いこみ土だとか、またヒースのはえているような荒野の土だとか、木炭だとか、木灰だとか、骨粉だとか、角粉《かくふん》〔11〕だとか、古くなった糞尿だとか、馬糞だとか、石灰だとか、ぼろぼろに腐った切株だとか……。窒素、燐酸《りんさん》、マグネシウムその他をふくむ化学肥料は別として、上にあげたような、肥料分をたっぷりもっていて、しかも土をぽかぽかにさせるような、恵み豊かな材料を家庭にたくわえるということは、街なかに住んでいてはむずかしい。

　たしかに、これらの貴重な土や、肥料や、土壌改良ないし肥効促進剤を、全部使って土にすきこみたいと思う瞬間はある。しかし、それをした日には、それこそ、庭に花を植える場所がまるっきりなくなってしまうだろう。

そこで園芸家は、可能な範囲内で、精いっぱい土を改良する。卵の殻を家庭にたくわえ、昼食の残りの骨を焼き、切った爪をたくわえ、煙突の煤《すす》をはき出し、どぶ泥をかき出し、路の上にころがっているすばらしい馬糞のドーナッツをステッキで突きさし、一つ残らずていねいに土の中にうめこむ。これらは土をやわらげ、あたため、栄養を補給する物質だからだ。この世にある物はすべて、土に利用できるものか、できないものか、どっちかだ。ただ、微妙な羞恥心にひきとめられて、園芸家は、馬の落とし物を往来でひろいあげないだけだ。しかし、舗道の上にかなりのかさの肥料がひと山ころがっているのを見るたびに、すくなくとも園芸家は「あァあ」と深いため息をついて、こう思う。馬糞とは、まったく、なんというありが

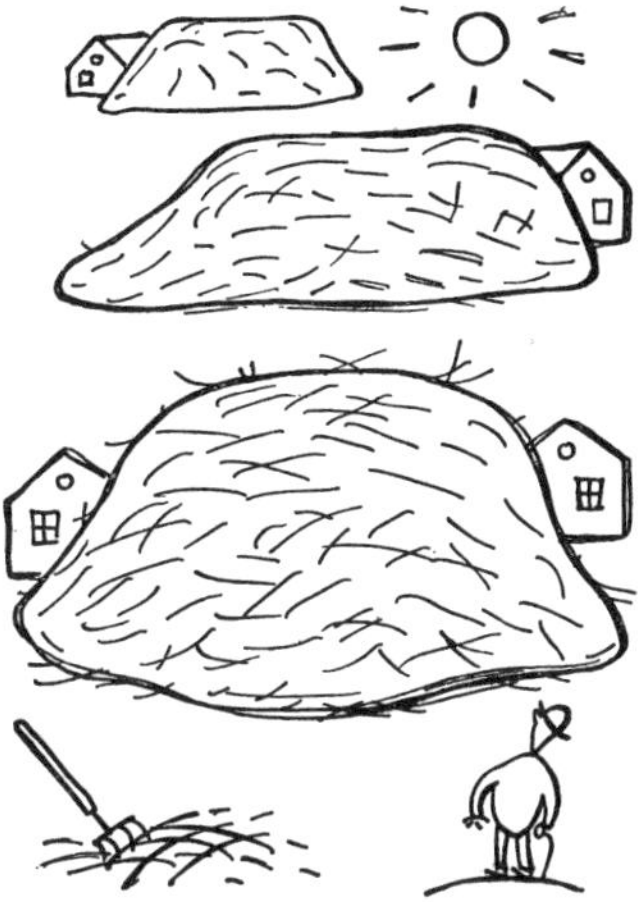

たい神の賜物《たまもの》だろう！

農家の庭につんである、あの大きな馬糞の山を想像すると……。

ブリキの缶にはいった、いろんな肥料があることは知っている。ほしいと思う物は、なんでも買うことができる。あらゆる種類の塩類、エキス類、粕類《かするい》、粉末類。バクテリアを土に接種することもできる。大学の助手や、薬局の助手のように、白いうわっぱりを着て土を改良することもできる。都会の園芸家諸君よ、何ひとつ、きみたちにできないことはないのだ。——しかし農家の庭にある、あの大きな、ひと山の馬糞を想像すると……。

ところで、諸君はごぞんじないだろうが、スノードロップスがもう咲いている。黄いろい星状の毛をはやしたマンサクも咲いている。クリスマスローズには大きな蕾ができている。さらに注意して見ると（ただし、見るときは、息をころさなければいけない）、ほとんどいたるところに蕾と芽を発見する。何千という小さな鼓動をもって、生命が土をおしわけて出ようとしている。われわれ園芸家は、もう一刻もじっとしていられない。あらたな生命の春にむかって、われわれは突進する。

花つくりのコツ

できあがった庭を、はたからぼんやりながめていたあいだは、園芸家というものは、花の香に酔い、鳥の啼《な》きごえに耳をかたむける、とても詩的な、心のやさしい人間だと思っていた。ところが、すこし接近して見ると、ほんとうの園芸家は花をつくるのではなくって、土をつくっているのだということを発見した。

園芸家は土をいっしょうけんめい掘りかえして、地上のながめは、口をあけてぽかんと見とれているなまけ者のわたしたちにまかせている。彼は土の中にうずもれて暮らしている。彼は、堆肥の山の中に自分の記念碑を建てているのだ。

もし彼がエデンの園へ行ったとしたら、鼻をひくひくさせて、うっとりしながらそのへんを嗅ぎまわって、言うだろう。

「これは、これは、神さま、なんというすばらしい堆肥でしょう！」

そして、おそらく知恵の木の果実を食べることさえわすれ、なんとかしてうまく神さまの目をぬすみ、エデンの土を車に一台ちょろまかしていくわけにいくまいかと、キョロキョロあたりを見わたすにちがいない。でなければ、知恵の木の根もとのまわりに、水肥《みずごえ》をやるための溝《みぞ》がなくなっているのに気がつき、頭の上に何がぶらさがっているかも知らずに、さっそく溝を掘りはじめる。

「どこにいる、アダム？」

と神さまがよぶ。

「待ってください。いま、ちょっと忙しいんです」

園芸家は背なかごしにそう答えて、せっせと溝を掘りつづけるにちがいない。

＊

園芸家というものが、天地創造の始めから、もしも自然淘汰《とうた》によって発達したとしたら、おそらく無脊椎《むせきつい》動物に進化していたにちがいない。いったい、何のために園芸家は背なかをもっているのか？　ときどきからだを起こして、「背なかが痛い！」と、ためいきをつくためとしか思われない。足はというと、種々雑多な曲げ方をしている。すわったり、ひざまずいたり、なんとかしてからだの下に折り曲げている。指は、小さな穴をあけるときには棒っきれのかわりになるし、拳固《げんこ》は土のかたまりをくだいたり、やわらかにしたりするときの役に立つし、口はパイプをひっかけるのにつごうがいい。ただ、背なかだけは、いくら曲げようとしても、曲がらない。ミミズにだって脊椎はない。うわべだけ見ていると、ふつう、園芸家は尻でおわっている。手と足はカニのようにひろげたままで、頭は、馬が草をたべるようなかっこうで、どこか膝のあいだに突っこんでいる。せめて、もう一寸でいいから背が高くなりたいと思っているひとがいるが、園芸家はそういう人種ではない。それどころか、彼は、からだを半分に折ってしゃがみ、あらゆる手段を講じて背を低くしようとする。だから、ごらんのとおり、身長一メートル以上の園芸家は、めったに見かけない。

土壌の管理は耕耘《こううん》によって左右される。耕耘といっても、かんたんではない。シャベルをつかったり、鍬をつかったり、掘りおこしたり、うずめたり、かたまりをくだいたり、平らにしたり、溝を掘ったり、ならしたり、いろんな方法がある。それと同時に、また土壌の成分によって左右される。いかに手のこんだプディングといえども、培養土の調製ほど複雑ではない。いま、わたしの頭にうかぶだけでも、家畜糞、厩《きゅう》肥《ひ》、グアーノ（糞化石《ふんかせき》）、腐葉土、芝草土、畑土、砂、わら、石灰、カイニット[12]、トーマス燐肥《りんぴ》、ベビーパウダー、智利硝石《チリしょうせき》、角粉、過燐酸《かりんさん》石灰、塵芥《じんかい》、牛糞、灰、ピ

ート、堆肥、水、ビール、タバコのパイプの掃除くず、マッチのもえかす、猫の死骸、そのほかにまだいろんなものをほうりこむ。それらを全部よくまぜて、すきこみ、レーキでその上を平らにする。

まえにも言ったように、園芸家はバラのかおりを嗅ぐ人間ではなくって、のべつ「もうすこし石灰をやらなきゃ」とか、「土が重すぎる、もうすこし砂をいれてやらなきゃ」とか、そんなことばかり苦にして暮らす人間なのだ。今や園芸は一種のサイエンスになりつつある。むかし、

窓べにそだつ蔓《つる》バラの

と、娘たちは歌ったものだったが、いまでは
むしろ、

窓べに見ゆる智利《チリ》硝石《しょうせき》
木灰・切り藁《わら》こきまぜて

と歌ったほうがピンとくる。バラの花なんて
ものは、いわば、アマチュアのために存在し
ているのだ。園芸家のよろこびは、もっと深
い、大地の胎内に根ざしているのだ。つぎの
世に生まれかわったら、園芸家は、花の香に
酔う蝶なんかにはならない。窒素をふくむ、
かおり高い、くろぐろとした、ありとあらゆ
る大地の珍味をもとめて、土の中をはいまわ
るミミズになるだろう。

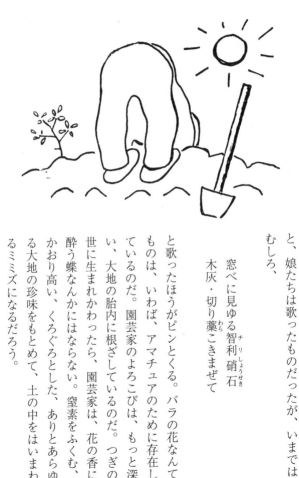

＊

春になると、いやおうなしに、園芸家は庭におびき出される。スープのスプーンをおくが早いか、すばらしい青空に尻をつき出し、小さな花壇で早くもめいめい何かはじめている。あたたまった土のかたまりを指でもみつぶしているかと思うと、もう別のところへ行って、風や雪にさらされてぼろぼろになった、貴重な去年の堆肥を根もとにすきこんでいる。あっちで草を抜いたかと思うと、こっちで石ころをひろう。イチゴのまわりの土をほぐして、やわらかにしていたかと思うと、しばらくたつと、もう、鼻が土につきかねないばかりに、レタスの苗の上にかがんで、ふさふ

さしたやわらかい根を、さもかわいくってたまらぬといったようにくすぐっている。

こんなかっこうで彼らは春をたのしんでいる。そのあいだに、彼らの尻の上では太陽が燦爛《さんらん》たる円をえがいて進み、雲がながれ、空の鳥たちが交尾をしている。サクラの蕾はすでにほころび、芽はみずみずしいやわらかな葉をひろげ、ウタイツグミが気がくるったようにさえずっている。

このとき園芸家は頭をあげ、腰をのばして、さも憂うつそうにひとりごとを言う。

「秋になったら十分に肥料をやって、すこし砂を入れてやろう」

それでも、園芸家が立ち上がって、背いっぱいに身長がのびる瞬間はある。それは彼が

午後から庭に灌水の秘蹟をほどこすときだ。そのときはまっすぐに毅然と立って、いきおいよく噴き出す水を、消火栓の口からひっぱってくる。水は銀いろのシャワーになり、気もちのいい音をサラサラとたてて降りそそぐ。フカフカのやわらかい土から、とてもいい匂いのする、しめった息がただよってくる。小さな葉の一枚一枚のみどりが、したたらんばかりに濃くなり、もいで食べたいほどつやがよくなる。

「さあ、これで満喫したろう」

園芸家は満足そうにささやく。だが、それは、いっぱいに蕾をつけているサクラのことでもなく、紫いろをしたフサスグリのブッシユのことでもない。彼が言ったのは、茶いろの庭土のことだ。

やがて太陽が沈むといよいよ満足そうにためいきをついて、言う。

「きょうはたくさんやったぞ！」

3月の園芸家

伝統的な園芸家の三月をありのままに描写するためには、まず初めに、二つのことをはっきり区別しておく必要がある。すなわち、（a）園芸家が当然しなければならない、また、しようと思っている仕事。（b）園芸家がそこまで手がまわらなくって、結局じっさいにやる仕事。

（a）園芸家は最善をつくしたい。これは言うまでもないことだ。防寒のためにかぶせてあったそだをとりのけ、植物を直接大気にふれさせ、土を掘りおこし、肥料を入れ、鋤《す》きこみ、耕し、ひっくりかえし、土をほぐしてやわらかにし、レーキでひっかき、平らにし、灌水をし、取木をし、挿木をし、剪定をやり、植えつけをやり、植え替えをやり、支柱をあたえ、スプレーをし、追肥をほどこし、除草をし、枯れた植物のあとにかわりを植え、種をまき、掃除をし、刈りこみをし、スズメやツグ

ミを追い、土のにおいを嗅ぎ、シュートを指で掘じくり、花の咲いたスノードロップスに胸をおどらせ、ひたいの汗をふき、腰をのばし、狼のようにがつがつ喰い、魚のようにがぶがぶ飲み、スズメとともに寝、ヒバリとともに起き、太陽と朝露をたたえ、かたい蕾を指でさわり、ことし初めての肉刺《まめ》と胼胝《たこ》を手のひらにこしらえ、大いにはりきって本職の園芸家とそっくりの生活をしようと思っている。

(b)　ところが、ものごとはとかく都合よくいかないもので、まだ（でなければ、いつの間にかまた）土が凍っていると言っては、檻《おり》の中のライオンのように、園芸家は家のなかでむかっ腹をたてる。鼻風邪をひいたと言ってはストーヴにかじりつき、やれ歯医者だ、やれ裁判所だ、やれ伯母が来た、伯父が来た、うるさ型のおばあさんが訪ねて来た、といったぐあいに、ありとあらゆる災難、不幸、めんどうな事件や不愉快な問題が、申し合わせたように、みんな三月という月にかたまって起こり、それに追われて一日一日と日がたっていく。つまり、うかうかしていられないのだ。「三月は、花壇にとって、春のしたくをしなければならない、いちばん大切な月です」

じっさい、園芸家になってこそ「思いやりのない寒さ」とか、「強情な北風」とか、「ひどい霜」とかいったような、いささか新鮮さをうしなった月並な文句や、これに似かよった文学的な毒舌を、しみじみと、身にしみて味わうことができるのだ。園芸家自身は、もっとずっときれいな、文学的な表現をつかう。たとえば、「ちくしょう、ことしの冬はまったく、糞いまいましい、罰あたりの、べらぼうな、途方もないひどい冬だ」などと。

詩人とちがって園芸家は、たんに北風に毒づくだけではない。意地わるの東風にも、のろいの言葉をあびせかける。じめじめした冷たい吹雪よりも、むしろ、音もなくしのびよる、霜の降らない、陰険なブラック・フロストを目のかたきにくむ。園芸家はとかく「春が攻めよせてくるのを冬が抗戦している」といったような、比喩的な言い方をするのが好きだ。そしてその攻防戦に自分が助太刀できないこと、横暴な冬をおさえつけて負かすことができないことに、大きな屈辱を感ずる。シャベルか、鍬か、でなければ槍《やり》か鉄砲で相手を撃退することができれば、身がまえをして、ワアッと勝

ちどきをあげながら加勢するのだが。だから、毎晩、気象台発表の天気予報のラジオを待ち、北欧の高気圧圏とアイスランドの気流を糞みそにののしる以外に手の出しようがない。つまり、われわれ園芸家は、風がどこから吹いてくるか、知っているからだ。

われわれ園芸家にとっては、農夫たちの格言もばかにできない。われわれは今でも「聖マチアが氷を割る」のだと思っている。聖マチアに割れない場合は、天の大工である聖ヨゼフが割ってくれると思っている。「三月に

はわれわれはストーヴのうしろにもぐりこむ」ことを知っている。わたしたちは五月半ばに霜害をもたらす三聖人の話を信じ、春分を信じ、「聖マリヤのお潔《きよ》めの日に陽《ひ》がさせば春が遅れる」とか、「聖メダードの日に雨が降ると、その雨は降りつづく」とかいったような諺《ことわざ》を信じる。天候のために、むかしから、どんなに人間がひどい目にあわされてきたかということが、これらの諺でわかる。要するに農民たちの格言は、たいていの場合、かんばしくないことや、不幸なことをわたしたちに予言しているのだ。だから、天候でひどい目にあわされながら、それにもかかわらず、毎年、春を歓迎してお祝いをする園芸家たちがいるということは、人類の楽天主義がいかに不滅であり、不思議な力をもっているかという証拠なのだ。

　園芸家は土地の物知りを訪ねるのが好きだ。たいがい中年以上の、あまり頭のよくない人たちで、毎年、春になると、わしの記憶ではことしのような春はいままでなかった、と言う。寒いと、こんな寒い春には出あったことがない、と言う。「いちど、こんなことがあったのを思い出すよ。もう六〇年も前のことだが、とても暖くってねえ、マリアの日〔三月二十五日の聖母の御告《みつげ》の日〕にスミレが咲いたっけ」

それに反してまた暖かいと、こんな暖かい春は記憶にない、と言いはる。「いちど、もう六〇年も前のことだったが、ヨゼフの日〔三月十九日〕にそりに乗ったことがあったっけ」

要するに、これらの年寄りの物識りたちの言葉によってもわかるように、天候に関するかぎり、自然の猛威がわれわれの風土を支配しているのであって、これに対して、われわれは完全に手も足も出ないのだ。

そうだ、まったく手も足も出ない。三月なかばだというのに、凍った庭にまだ雪がつもっている。神よ、なにとぞ園芸家の花たちに憐れみをたれたまえ！

＊

匂いでわかるのか、暗号でわかるのか、それとも、なにか秘密な合図があるのか、園芸家どうしのあいだで、どうして相手も園芸家だということがわかるのか、これは

秘密にしておく。しかし、たとえ劇場の廊下であろうと、喫茶店であろうと、あるいは医者の待合室であろうと、彼らがひと目でおたがいを見わけることは事実だ。

最初の会話がまず、天候に関する意見の交換だ。

「いや、わたしの記憶では、まったく、ことしみたいな、こんな春はいままでなかったですよ」

それから話題はうつって、雨量のこと、ダリアのこと、化学肥料のこと、ダッチ・アイリスのことにおよぶ。

「そうですか、おどろいたな、品種の名前はなんて言うんです？ まあ、名前なんかどうだっていいや。あなたに、そいつの球根を一つあげますよ」

さらにイチゴの話になり、アメリカのカタログ、ことしの寒害、アブラムシ、アスターといったようなことが話題になる。劇場の廊下に立っているタキシード姿の二人の男。しかしそれは、単にうわべにすぎない。もっと深い、もっとリアルな現実においては、それは、手にシャベルと如露《じょうろ》をもった二人の園芸家なのだ。

＊

時計がとまると、まず分解して見て、つぎに時計屋にもっていく。自動車がうごかなくなると、ボンネットを上げ、モーターの中に指を突っこんで、修理工をよぶ。なんでも調節し、修正することができる。――ただ、天候だけはどうにもならない。どんなにさわごうと、どんなに誇大妄想にとりつかれようと、どんなに改革熱にかられようと、どんなに好奇心にもえようと、どんなに悪たれ口をきこうと、天候だけはだめだ。時がみちて法則にかなえば、蕾はひらき、芽はのびる。そのとき、きみは謙虚な気持になって、人間の無力なことをさとり、「忍耐がすべての知恵の母」だ、ということがわかるだろう。

とにかく、それ以外に、どうしようもないのだ。

芽

きょう、三月三十日午前一〇時、わたしの知らないまに、レンギョウの最初の花が咲いた。この歴史的な瞬間を、どんなことがあっても見のがしてはならないと思って、小さな黄金の鞘《さや》に似た、いちばん大きな芽を、三日前からわたしは見はっていた。雨が降るかな、と思ってわたしが空を見あげたあいだに、その瞬間が来た。あしたはもう、しなやかな若い枝が、どの枝もいちめんに黄金の星をまきちらしたようになるだろう。ひきとめようとしても、ひきとめることはできない。

いちばん早いのは、もちろんライラックだった。気がついたときにはもう、かぞえきれないほどたくさんの、やわらかい小さな葉をつけていた。ライラックを見はっているなんて、とうてい不可能なことだ。キンスグリも、歯のついたぎざぎざの縁飾りをひろげはじめた。しかしほかの灌木は、土の中からか、それとも空からか、とにかく「そら!」という号令がかかるのを、まだ待っている。その時が来ると、すべての芽がいっぺんに開いて春になるのだ。

発芽は、人間が「自然のなりゆき」、あるいは「自然の行進」とよんでいる現象の一つだ。しかし、それはほんとうの行進だ。腐敗も「自然のなりゆき」だが、けっして好ましい行進という感じをわたしたちにあたえない。わたしは、腐敗の経過を主題にした行進曲なんか、つくる気にはけっしてならなかったろう。わたしが作曲家だったら、「芽の行進曲」をつくったかもしれない。まず最初に、軽快なテンポでライラック大隊を行進させる。つづいてフサスグリ縦隊の行進調、そのあとに、ナシとサクラの荘重な歩調がつづき、同時にすくすく芽を出した若い芝草が、ありったけの弦《つる》をブンブンかき鳴らし、そのオーケストラの伴奏でみごとな芽連隊の分列式がおこなわれる。観兵式なんかのときによく言う堂々たる整列行進で、粛々《しゅくしゅく》と前にむかって進んでいく。ひだり、みぎ、ひだり、みぎ。いやはや、なんというみごとな行進だろう！

春になると自然はみどりに変わる、と言う。しかし、かならずしもそうではない。とびいろがかった芽や、バラいろの芽で、自然は赤くなるからだ。暗紫紅色《あんしこうしょく》の芽もあるし、ほのかに赤味をおびた芽もある。あるものは褐色で、やにのように粘りけがあり、またあるものはウサギの腹の毛のように白味をおびている。そうかと思うとまた、スミレいろのや、薄いとびいろのや、古くなった革のようにくろずんだのもある。なかには芽の中から、先のとんがったレースがとび出しているのがあり、また、指のようなかっこうをしたものや、舌のようなかっこうをしたものや、いぼのような形をしたものがある。あるものはうぶ毛がはえて子イヌのようにむくむくふくれ、あるものは先がかたく細くとがり、またあるものは先がひらいて、だぶだぶしたやわらかな房になっている。

じっさい、芽というものは、葉や花とおなじぐらい奇妙で、千差万別だ。あたらしい相違点を見つけていたら際限がないだろう。しかし、それを見つけようと思ったら、ほんの小さな、ネコのひたいほどの地面をえらべばいい。ベネシャウ〔プラーグから四八キロほど隔たった所にある町〕までてくてく歩いていくよりも、自分の庭にしゃがむがいい。そのほうが、わたしの目にうつる春のながめは、かえって大きい。立ちどまればいいのだ。そうすれば、ひらいた唇としのびやかなまなざし、やわらかな指とさしのべた腕、生まれたものの弱々しさと、生きようとする意志の不敵なひらめきを諸君は見るだろう。そして、そのとき、諸君の耳に、はてしなくつづく芽の行進のどよめきが、かすかにきこえるだろう。

おや！　こうして書いているあいだに、あの、「そら！」という神秘な声が鳴りわたったらしい。朝のうちはまだかたい襁褓《むつき》につつまれていた芽が、やわらかい葉さきを押し出して、レンギョウのしなやかな枝にきらりと小さな金の星がひかり、梨のふっくりした芽がすこしひらき、何の芽かわからないが、その先にみどりをおびた金いろの蕾がかがやいていた。ねばねばした鱗片《りんぺん》からは、若々しいみどりが顔を出し、ふとった芽がひらきかかって、小さな葉脈と小さなたたみ目の、やさしいすかし細工が押しあって出ようとしていた。赤くなってはにかむことはないのだ。たたんだ扇《おうぎ》をひらくがいい。うぶ毛をはやしてねむっている芽よ、目をさませ。スタートの命令が、もう出たのだ。楽譜にのらない行進曲の、はなやかなラッパを吹き鳴らすがいい！　日をうけて光れ、金いろの金管楽器。とどろけ、太鼓。吹け、フリュート。幾百万のヴァイオリンたちよ、おまえたちのしぶき雨をまきちらすがいい。茶いろとみどりのしずかな庭が凱旋《がいせん》行進曲を始めたのだ。

4月の園芸家

四月、これこそ本格的な、恵まれた園芸家の月だ。恋びとたちは、かってに彼らの五月を謳歌するがいい。五月は単に草木が花をひらくだけだ。ところが四月には、草木が芽を吹くのだ。うそは言わない。このシュートと、蕾と、芽は、自然界における最大の奇蹟だ。――このことについては、これ以上もう、わたしはなんにも言わない。

とにかく、自身でしゃがんで、自身でふかふかした土を指でほじくってみるといい。――ただし、息をしてはいけない。その指に触れるのはやわらかな、ふくらんだ一個の芽だから。これは、とても言葉で書きあらわすことができない。キッスを言葉で書きあらわせと言ったって、できない。それとおなじだ。そういったものはほかにもまだ二、三あるが。

しかし、芽の話をしていたのだから、話を芽にもどそう。――どうしてだかわからないが、ふしぎなくらい何度でもやる。枯れ枝を一本ひろおうとして、でなければ、いまいましいタンポポの根を抜こうとして、花壇に足を入れる。するとたいがい、土の下にあるユリかキンバイソウの芽をふむ。足の下でポキッという音がすると、おそろしさとはずかしさでからだじゅうが寒くなる。この瞬間には誰でも、自分がまるで、そのひづめで踏んだ場所には草がはえなくなる、なにかの怪物のような気がする。

でなければ、最大限の用心深さで、花壇の土をそっとやわらかに耕す。ところが、その結果は、かならずうけあいだ。芽の出ている球根を鍬でこま切れにしなければ、かならずアネモネの芽をシャベルで切り落とす。ハッとしてうしろへさがると、かならず足で花の咲いているプリムラをふみつける。でなければデルフィニウムの若いシュートを折る。用心ぶかくやればやるほど、被害は大きくなる。でたらめに歩いて何ひとつ踏まない、たとえ

踏んでも平気の平左でいるほんとうの園芸家の、あの神秘的な、しかも自然のままの確かさは、長年の経験がはじめておしえてくれるのだ。しかしこれは余談だ。

＊

四月は、発芽の月であるばかりでなく、移植の月だ。諸君は有頂天になって、いな、夜も眠れないほどの感激と、じりじりするほどの待ち遠しさで、それがなければもう一日も生きていかれないほど、ほしくてたまらない挿木苗を農園の主人に注文する。ありとあらゆる園芸家の友達に、挿木苗をこしらえてくれろ、とせびる。とにかく、現在もっているものでは絶対に諸君は満足しないのだ。

そうこうしているうちに、さっそく植えなければならない挿木苗が一七〇本、いっぺんにどかっと到着する。そのときになって諸君は、庭のなかをぐるぐる見まわし、植えようにも植えまいにも、ぜんぜん場所がのこっていないことを発見する。

だから、四月の園芸家とは、干からびかかった挿木苗を手にもち、自分の庭を二〇ぺんぐらいぐるぐる歩いて、どこかに一箇所ぐらい何にも植わっていない場所はないかとさがしまわる男のことだ。

「だめだ、ここには植える余地がない」と、小声でブツブツつぶやく。

「まずいなあ、こんなところへキクを植えちゃった。また、フロックスを窒息させちゃうにちがいない。あっ、こんなところにムシトリビランジがある、ちくしょう！ あそこにはカンパニュラがのさばってる。あそこのノコギリソウのそばもあいていない。——どこへ植えたもんだろう？ 待て、ここへ植えてやろう。——いかん、ここにはキジムシロが植わってる。でなきゃ、あそこか。——あそこもリュウキンカが植わってる。ここに場所がありゃしないかな。いかん、ここはムラサキツユクサでいっぱいだ。じゃあ、あそこはどうだ。——あそこからは何がでてくるんだっけ？ はてな、何だったかしら。やあ、ここに小さな場所が一つあったぞ。待っててくれ、いますぐにおまえのベッドをこしらえてやるからな。ほらね、これでいいだろう。無事に育ってくれよ」

ところが、それから二日たって園芸家は、

ちょうどマツヨイグサの深紅色をしたシュートの上に挿木苗を植えてしまったことに気がつく。

園芸家は文明によってつくり出された人種であって、自然淘汰の結果ではない。園芸家が、もし自然から進化したとしたら、外観がちがっていたはずだ。第一、しゃがまないですむように、カブトムシのような脚をしていただろう。そして、翅《つばさ》をもっていただろう。そうすれば、見た目もきれいだし、花壇の上をとぶことができたからだ。

人間の脚などというものは、置き場がないときにはどんなに邪魔っけなものか、しゃがまなければならないときには、どんなに不必要に長いものか、また、寄せ植えのしてあるサルヴィアや、アキレジアのシュートをふまずにまたいで、花壇のむこう側にとどかせたいときには、どんなに腹が立つほど短いものか、経験のない者には想像もできない。

そんなときには、一本のつり革にぶらさがって花壇の上をあっちこっち動きまわることができたら、でなければ、せめて人間のからだが四本の手と、帽子をかぶった頭だけでできていて、あとは何にもなかったら、でなければ、写真機の三脚のように、人間の手足が差込み式になっていたら、どんなにありがたいだろう、と思う。

ところが、園芸家のからだもほかの人間と同じように不完全につくられているので、できるだけの芸当をやる以外に方法がない。ロシアの踊り子のように片脚をあげ、爪さきでバランスをとって宙に浮かんだり、両脚を四メートルも開いて、チョウチョウか鶺鴒《せきれい》のように軽く地面の上を歩いたり、一平方インチの場所に全身の重みをかけ、傾斜する物体のあらゆる法則を無視して平衡をたもちながら、あらゆるものを避けて、あらゆるところへ手

をとどかせる。そのうえ、家《うち》の人の物笑いにならないように、ある程度の体面をたもとうと努力する。

むろん、遠くからちょっと見ただけでは、園芸家は尻だけしか見えない。その他の部分、頭だの、手だの、脚だのは、そっくりその下にかくれてしまっている。

＊

うちの庭ですか？　ずいぶんいろんなものが咲いています。スイセン、ヒアシンス、シナスイセン、パンジー、春咲きのワスレナグサ、サキシフラガにベンケイソウ、ハタザオにミヤマカラクサナズナ、プリムラ・オフィキナリスに春咲きのエリカ、それから、あしたかあさってになると、また何か咲きます。うちの庭を見たら、びっくりしますよ！

もちろん、だれでも見せてもらえる。

「やあ、こいつはかわいらしい、このリラの花は」

と、素人が言う。

　すると、園芸家はすこしむっとして答える。

「これはペトロカリス・ピレナイカ〔13〕ですよ」

　園芸家は名称を重んずるからだ。

　名のない花はプラトン式に言うと、形而上学的なイデーのない花だ。要するに、その花には純粋な、絶対的な実在性がないのだ。名のない花は雑草なのだ。ラテン語の名称のついている花は、いわば専門的知識の地位に引き上げられたのだ。

　イラクサが花壇にはえたら「ウルティカ・ディオイカ」という名のラベルをそのわきに立てるといい。すると、きみはイラクサに尊敬をはらいはじめる。まわりの土をやわらかくして、智利《チリ》硝石《しょうせき》くらいすこし奮発してやる。

　諸君が園芸家と話をする場合には、いつも、

「このバラはなんて言うんですか？」

と、聞かなければいけない。

　そうすると彼は、

「これはブルメースター・ヴァン・トレで、あそこにあるのがマダム・クレール・モルディエです」

と、うれしそうに答えてくれる。

そして諸君をちゃんとした教養のある人間だと思ってくれる。しかし、けっして当てずっぽうの名称を言わないことだ。

たとえば、

「あそこにきれいなハタザオが咲いている」

などと言ってはいけない。

すると園芸家はむっとして、

「とんでもない。これはシーヴェレキア・ボルンミュレリです！」〔14〕

と、諸君をどなりつけるかもしれない。

どっちでもおなじようなものだが、しかし名前は名前だ。それに、われわれ園芸家は名前を重んずる。だから、立ててあるラベルを抜きとってゴチャゴチャにかきまぜる子供やウタイツグミを、わたしたちはにくむ。そんなことをされると、わたしたちはびっくりして指さすかもしれないからだ。

「ちょっと見てください、このエニシダを。エーデルワイスとそっくりの花が咲いていますよ。――ことによると、こいつはこの地方独得の変種かもしれません。とにかくエニシダであることはたしかなんです。ちゃんとわたしのラベルが刺さっているんだから」

労働の日

……わたしはなにも労働の日〔チェコ語では五月一日のメーデーを「労働の日」という〕だからといって、ことさらこの日を祝いたいとは思わない。わたしがこの日を祝いたいのは、わたしの私有財産の祝日だからだ。雨さえ降らなければ、わたしはかかとの上にこしをかけて、この日を祝うだろう。そして、こう言うだろう。「まっておいで、ピートをすこしやるから。それからこの邪魔っけなシュートものけてやろうね。おまえはもっと土の中へ深くはいりたいんだろ、ね、そうだろ？」

するとアリッサムは、ええ、そうよ、と言う。そこでわたしはアリッサムをもっと深く土の中に入れてやる。それからわたしの土を、文字どおり、わたしの血と汗でうるおす。小枝やシュートを剪定《せんてい》すると、たいがい指を切るからだ。たとえそれがたった一本の小枝であろうと、たった一本のシュートであろうとだ。

　庭をもっている人間は、いやおうなしに私有財産のもちぬしになる。その場合、その庭に育つのはただのバラではなくって、彼のバラなのだ。その場合、彼がながめて「サクラがもう咲いた」と言うのは、ただのサクラではなくって、彼のサクラなのだ。人間、もちぬしとなると、隣りの人たちとのあいだに一種の相互関係が生ずる。たとえば、天候についてだって。

「もう、いいかげんにこの雨はやんでほしいですね、おたがいに植物がこまりますよ」

と、彼は言う。

　でなければ、

「いい雨ですね、おたがいに植物がよろこびますよ」

　しかし同時に、一種の排他主義が生ずる。うちの木にくらべると、隣りの木はちんちくりんで、純然たる箒だ、と思う。でなければ、このマルメロは、隣りの庭に植えておくのはもったいない。うちの庭にもってきたほうがずっとりっぱに見える、と思ったりするたぐいだ。したがって私有財産が、ある階級的の、共通の利害を生ずることはたしかだ。たとえば天候の場合のように。しかし、そのために個人的な事業や私有財産に対して、非常につよい利己的な本能がよびさまされることも、また同様にたしかだ。

人間が真理のためにたたかうことは事実だ。しかし、自分の庭のためだったら、もっといそいそとして、夢中になってたたかう。たとえ二坪でも三坪でも自分の土地をもち、そこに何かしら植物を植えている人間は、たしかに保守的になる。そういう人間は、数千年来の自然法則をたよりにしているからだ。しようと思うことは何でもできる。しかしどんな革命も、発芽の時期をはやめることはできないし、五月以前にライラックを咲かせることもできない。だから人間はりこうになり、法則と習慣にしたがうようになる。

それからタカネギキョウ、おまえにはもっと深い穴を掘ってやるよ。労働！　指で土の中をかきまわすのも労働とよべないことはない。じっさい、土をいじっていると、背なかとひざがずいぶん骨が折れる。しかしそれは、けっして労働のためではない。タカネギキョウのためなのだ。だれだって労働をすることがたのしいからではなく、高尚だからでもなく、健康だからでもない。タカネギキョウがりっぱに茂り、サキシフラガがすくすく育って、かわいらしい小さなクッションになるためなのだ。

もしきみが何かを祝おうと思うなら、きみのこの労働を祝うべきではない。タカネギキョウなりサキシフラガなりを祝うべきだ。そのためにきみは労働しているのだから。また、もしきみが新聞や雑誌に記事を書いたり、本を書いたりしないで、織機《はた》から旋盤の前に立っているとしたら、きみは労働のために労働をしているのではなくって、その代償にベーコン入りのエンドウを手に入れたいからだ。さもなければ、うんと大勢子供がいるからだ。そして、生きていたいからだ。したがって、きみは今日、ベーコン入りのエンドウなり、子供なり、生活なり、要するに、きみがきみの労働で買い、きみの労働で支払ったすべてのものを祝うべきだ。さもなければ、きみがきみの労働で生みだしたものを祝うべきだ。道路修理夫は彼らの労働を祝うばかりでなく、彼らによってささえられている道路を祝うべきだ。そして織物工場の労働者は、メーデーには、何よりもまず彼らが織った何キロかのふとんがわと、ズックを祝うべきだ。世間はこの日を労働の日とよんで、生産の日とはけっしてよばない。だが、世間は、人間が単に労働をしたということよりも、むしろ労働によってむすばれた果実を誇るべきだ。

わたしはあるとき、トルストイを訪問した男に、トルストイが自身でぬった長靴はどんなふうだった、と聞いた。その男の話では、その長靴はおそろしくぶかっこうなものだったそうだ。労働をするなら、好きですべきだ。あるいは、技倆《ぎりょう》があるからするのでもいい。とどのつまり生きるためにする、というのでもいい。しかし、主義のために長靴をぬうとか、主義のため、あるいは道徳的な動機から労働をするということは、たいして価値のない労働をすることだ。わたしの考えでは、労働の日は、正しく労働をすることを心得ている人たちの熟練と手ぎわのあざやかさを祝うことをもって主眼とすべきだ。世界じゅうのあらゆる有能な、老練な人たちを祝うことにすれば、今日の一日をすばらしく愉快におわらせることができるだろう。そうすれば、これがほんとうの祝日、人生の巡礼日、すべての有能な人たちの祝日となるだろう。

このはなしは、もういい。しかし、このメーデーという日はまじめな、厳粛な日なのだ。でも、おまえはそんなことは気にかけないでいい、春のフロックスよ、おまえは、おまえの最後のバラいろの花を咲かせておくれ。

5月の園芸家

ほらね、中耕と天地がえし、定植と剪定のどさくさで、わたしは、園芸家がいちばんたのしみにし、とくに自慢にするロック・ガーデン、別名アルプス・ガーデンを、もうすこしで忘れるところだった。なぜこれをアルプス・ガーデンとよぶか。思うに、このささやかな庭が危険きわまるアルプス登山の離れ業《わざ》を、その持ち主にやらせてくれるからだろう。

たとえば持ち主がこの二つの岩のあいだに小さなチシマザクラを植えようと思ったら、このすこしぐらぐらする岩の上に一方の足をそっとのせ、花の咲いているムラサキナズナやキバナクレスのかわいらしいクッションをふまないように、もう一方の足を宙に浮かして、全身のつりあいをたもたなければならない。ロック・ガーデンの、絵画的にきれいに積みかさねてはあるが、ちょっと力を入れるとぐらつきそうな岩のあいだに、何か植えたり、耕したり、ほじくったり、草をぬいたりするには、脚ひらきや、ひざ曲げや、胴体の横ふり、前曲げ、後そり、直立姿勢、平均運動、跳躍運動、脚前出、ひじ上伸、胴体前倒などの勇しい芸当をやらなければならない。

これを見ても、ロック・ガーデンの手入れがいかにハラハラさせるような、微妙なスポーツであるかということがわかる。とはいうものの、たとえば高さが三〇センチもあるような、目のくらみそうな絶壁の岩のあいだに、花もたわわな白いエーデルワイスの茂み、でなければイワナデシコといったような高山植物を一株見いだしたときなどの、なんともいえぬ感激的な驚き……。しかし、いくらいったところでむだだ。

これらのいわゆるミニアチュア・カンパニュラやサキシフラガ、ムシトリビランジ、ヒメルリトラノオ、ノミノツヅリ、イヌナズナからマガリバナ、それからアリッサム、エゾリュウキンカ、チョウノスケソウ、エゾスズシロやマキギヌ、ベンケイソウ、ラヴェンダー、キジムシロ、カンパニュラ、それからカミツレ、ニイタカハタザオ、ジプソフィラ、ヘドライアンサスおよび各種のアイリス・プミラ、イブキジャコウソウ、フデオトギリおよびオレンジいろをしたミヤマコウゾリナ、それからハンニチバナ、リンドウ、タカネミミナグサ[15]、スターチスおよびウンラン、アスター・アルピヌスもわすれてはならない。草丈の低いヨモギ類[16]、アゲラタム、ユーホルビア、シャボンソウ、オランダフウロ、ミヤマカラクサナズナ、イチョウシダ、マガリバナ、それにキンギョソウ、アンテナリア、そのほかたとえばムラサキイヌナズナ、ムラサキ、アストラガルス・グリキフィルスなど、これらに劣らぬ重要な植物、たとえばサクラソウ、シクラメンｅｔｃ……といったような、数えきれないほどたくさんの、なんともいえない、きれいな、かわいらしい花を辛苦《しんく》艱難《かんなん》して育てたことのない者は、――このほかにも、まだたくさんあるが、それは除外するとして（だが、すくなくともオノスマと、アカイナと、バビアナと、サギーナと、ケルレリアの名だけは、やっぱりここにあげておきたい）、これらの植物をいちども栽培したことのない者は、この世の美しさについて語る資格はない。その人間は、荒涼とした地球が（わずか数百万年前の）あるやさしい愛のひとときに生み出した、この世でいちばん優美なものを見たことがないのだから。ピンクのなかでもいちばんピンクの花で、いっぱいにおおわれたダイアンサス・ムザレのかわいらしいクッションを一つ見たら……。しかし、いくらわたしが言ったところでむだだ。ロック・ガーデンの持ち主でなければ、一つの宗派に帰依《きえ》する信徒たちの、この法悦はわからない。

そうだ。なぜなら、ロック・ガーデンの持ち主は、たんに園芸家だというだけではない。同時に彼は蒐集家だからだ。したがって彼は、やまい膏肓《こうこう》にいった偏執狂患者の一人だ。たとえば諸君の庭にカンパニュラ・モレッティアーナがみごとに育っているところを、こういう男にチラッとでも見せたらさいご、夜になると盗みに来る。ピストルを片手に、殺す覚悟で。それを手に入れぬことには、もはやこの世に

生きていられないからだ。気が小さいか、ふとりすぎて盗みに来られないときには、泣いてねだるだろう。そうなれば、いちばん小さな圧条苗《あつじょうなえ》の一本ぐらいは、すくなくとも分けてやらざるをえない。これというのも、諸君があんまり秘蔵品を見せびらかして、得意になったからだ。

でなければ、どこかの種苗《しゅびょう》店で、何か知らないが青い芽を吹いている、ラベルのない植木鉢を見つける。

「ここにあるのは、こりゃ何だい？」と、彼は園芸家に聞く。

「これですか！」

園芸家はこまったような返事をする。

「これはカンパニュラの一種です。何ていう種類だか、わたしも知らないんですがね――」

「これをくれたまえ」

なにくわぬ顔で、偏執狂患者は言う。

「いやねえ――」

と、園芸家は答える。

「こいつは売り物じゃないんです」

「何を言ってるんだい」

と、偏執狂患者はくいさがる。

「ながいあいだのお顧客《とくい》さんじゃないか。いいじゃないか、いいじゃないか！」

さんざん押問答をしたあげく、いったん店を出たが、えたいの知れない札落ちの植木鉢のところへ、またあともどりして来て、たとえこの店のまわりを九ヵ月うろついても、その鉢を手に入れるまでは立ち去る意志がぜったいにないことを、一目瞭然と相手にさとらせる。蒐集家のあらんかぎりの権謀術数と説得術をもちいて、ロック・ガーデンの持ち主は、やっとふしぎなカンパニュラを手に入れて家へもってかえり、ロック・ガーデンのなかでいちばん上等の場所をさがして、無限

の愛情をこめてそれを植えこみ、こういう高貴品にのみふさわしい特別の丹精をつくして、毎日水をやり、スプレーをする。するとカンパニュラは、まったく何ものかに憑かれたように、スクスク成長する。

「ちょっとごらんよ、これを」

持ち主は得意になって、客にそれを見せる。

「これは非常に珍しいカンパニュラの一種でね、何という種類か、まだだれにもわからないんだ。どんな花が咲くかと思ってるんだ」

「カンパニュラだって、これが？」

と、客は聞く。

「まるでワサビダイコンのような葉をしてるじゃないか」

「何を言ってるんだ」

と、持ち主は答える。

「ワサビダイコンの葉はもっと大きくって、こんな艶《つや》はないよ。たしかにカンパニュラだよ。しかし、ことによると」

と、遠慮がちにつけ加える、

「新しいスペシース〔種《しゅ》〕かもしれない」

水をたくさんもらったので、このカンパニュラはおどろくほど早く育つ。

「ちょっとごらん」

と、持ち主は言う。

「いつか、あんたはワサビダイコンの葉に似てるって言ったね。こんなでっかい葉をしたワサビダイコンてありますか！　あんた、これは、カンパニュラ・ギガンテアの一種だよ。こいつはきっと西洋皿のように大きな花が咲くよ」

ついにこの無類のカンパニュラは一本の花《か》梗《こう》を天にのばしはじめた。そしてそのあげく——。結局、やっぱり、これはワサビダイコンだった。こんなものがどうして園芸家の植木鉢のなかへころがりこんだのか、悪魔にきいたら知っているだろう！

「ねえ、きみ」

それからしばらくたって、客が聞く。

「いったい、あのでっかいカンパニュラはどこへいっちゃったんだ？　まだ花は咲かないかい？」

「いや、あいつは枯れちゃった。ご承知のとおり、こういう気むずかしい高貴品はねえ――。あれはたしかに、どうも、一種のハイブリッド〔雑種〕らしかったなあ」

＊

植物を注文するということは、なんといっても一つの苦労だ。三月には苗木屋の主人は、たいがいまだ注文品を発送できない。三月といえば、ふつうはまだ寒くて、苗ができていないからだ。四月になってもまだ発送できない。というのは、注文があんまりたくさんありすぎるからだ。五月になっても、やっぱりできない。そのころになると、たいがい売り切れてしまっているからだ。

「ご注文のプリムラは、品切れです。よろしかったら代品として、やはり黄いろい花の咲くモウズイカをお送りいたします」

それでも、ときどき注文どおりの苗のはいった小包が到着することがある。しめた！　ちょうどこの花壇のトリカブトとデルフィニウムのあいだに何かうんと背の高いものがほしかったんだ。ここへ（ディタニーともフラクシネラとも言われている）このハクセンを植えよう。送ってきたのは挿木苗だからひどく小さいけど、すぐに大きくなるだろう。

ひと月過ぎたが、挿木苗は丈がのびない。見たところ、まるで、丈の低い草みたいだ――。これがハクセンでなければ、ダイアンサスだといってもとおるだろう。うんと水をやって育てなきゃ。おや、何だか知らないが、ピンクの花がついてるぞ――。

庭の主人は、園芸にくわしい客にむかって、

「ちょっと、これを見てくれないか。小さいけど、これはハクセンだね、ちがうかい？」

「きみの言うのはダイアンサスだろう？」

と、客が訂正する。

「そうそう、ダイアンサスって言おうと思ったんだ」

と、主人はあわてて言う。

「じつは、ちょうどいま考えたんだけど、背の高い多年草のあいだに植えるのには、これよりもハクセンのほうがよくないかなあ、そう思わない？」

＊

どの園芸書にも「苗は種から育てるにこしたことはない」と書いてある。しかし「自然は——種に関するかぎり——ふしぎな癖をもっている」とは書いてない。まいた種は一粒もはえないか、全部はえるか、どっちかだ。これが、つまり、自然の法則なのだ。

「ここにはなにか装飾になるような、アザミ類をもってくるといいだろう、たとえばアザミかオオヒレアザミか」

　思いつくと、すぐに両方の種を一袋ずつ買ってきて、まき鉢にまき、種が美しく芽生えるのをたのしみにしている。しばらくたつと移植の時期になる。園芸家はみごとに育った実生苗を鉢に一七〇本もつくり、歓声をあげてよろこぶ。そして、種から育てるのがいちばんだ、と考える。

　やがて実生苗を地面におろす時期がくる。だが、一七〇本のアザミを、いったいどう始末したらいいのか？　すこしでもすきまのある地面を、あますところなく利用したが、それでもまだ一三〇本以上あまっている。あんなに丹精して育てたものを、いくらなんでも、ごみ箱にほうりこむわけにはいかない。

「どうです、アザミの実生苗があるんですがね、二、三本お宅でお植えになりませんか。装飾的でいいもんですよ」

「そうですか、植えたっていいですよ」

　さあ、ありがたい。助かった。隣りの主人は実生苗を三〇本もらい、いま、それを持って途方にくれ、庭のなかをさかんにあっちこっち歩きまわって、植え場所をさがしている。あとまだ左側と、むこう側のお隣りが残っている――。

神よ、かれらを守りたまえ、かれらが二メートルもある、装飾的なアザミに育ちますまで。

恵みの雨

たとえ窓のそばに一株のテンジクアオイすら、一株のカイソウ[17]すら植わっていないでも、わたしたちはみんな、祖先から農夫の血を若干うけついでいる。一週間も日が照らないと心配そうに天をあおぎ、会う人ごとに挨拶をはじめる。

「ひと雨くるといいですねえ」

すると、相手の都会人も、

「そうです、ひと雨降ってくれないと困りますよ」

と、挨拶する。

「このあいだ、わたしは汽車でコリンへ行ったんですよ」

と、はじめの男が言う。

「おそろしく畑が乾いていましたよ」

「うんと降るといいんです」

　相手はそう言って、ため息をつく。

「すくなくとも三日ぐらいぶっとおしにね」

と、もう一人がつけ加えて言う。

　そのあいだにも焼けつくように日は照り、街には汗ばんだ人間の体臭がただよいはじめ、電車にのっていると、まるで蒸し風呂にはいったようだ。乗客はみんなむっつりしていて、なんとなしに無愛想だ。

「そのうち降ると思いますよ」

　たらたら汗をながしながら、一人が言う。

「いいかげんに降ってもいいですよ」

と、もう一人がうなる。

「一週間ぐらい、ぶっつづけに降るといいんです」

　はじめに話しかけたほうはそう言って、

「芝のためにもいいし、なにもかも生きかえりますよ」

「こう乾いちゃいけません」

と、もう一人は言う。

そのあいだに太陽の熱がますますむし暑くなる。気圧が下がり、空では雷がゴロゴロ鳴っているが、大地にも人間にも、いっこう涼しさがやって来ない。また空でゴロゴロと雷の鳴る音がする。湿気をいっぱいふくんだ風がサッと吹きつけてきたと思うと、たちまちはじまる。滝のような雨が沛然《はいぜん》と舗道にぶつかり、大地は大声でため息をつく。水はザアザア窓にぶつかり、つづみを鳴らし、鞭打ち、ゆすぶり、千本の指で軒《のき》をたたき、小川になって流れ落ち、水たまりでゴボゴボ音をたてる。そして人間はうれしさのあまり声をあげて叫びたくなり、天のしずくで暑さを冷まそうと、窓から頭を出し、口笛をふいてワイワイさわぐ。できれば、往来をみなぎり流れる濁流のなかに裸足《はだし》で立ちたいくらいだ。

うれしい雨。ひやひやした水の、なんというこころよさ。わたしの魂に水をあびせておくれ。わたしの心を洗濯しておくれ、きらきら光る冷い水。暑さがわたしを不機嫌にした。不機嫌にし、なまけ者にし、憂うつにし、鈍感に、物質的に、エゴイストにした。ひでりでわたしは干からび、憂うつと不愉快で息がつまった。ひびけ、乾いた大地が降りそそぐしずくを受けるときの、銀の鈴を鳴らすような接吻《せっぷん》！　音高く降れ、風にそよぎつつ万物を洗いきよめる水のヴェール！　どんな太陽の奇蹟も、恵みの雨の奇蹟にはおよばない。大地の小さな溝の中を走れ、憂いにしずんだ小さな水。わたしたちを囚人にしている乾いた土をじっとりとうるおし、しみこんでおくれ。わたしたちは息を吹きかえした。みんな。草も、わたしも、土も、みんな。いい気持になった、これで。

猛烈な音をたてていたどしゃ降りが、手綱《たづな》を引いたように、やんだ。大地は銀いろの湯気を立ててかがやき、藪《やぶ》の中でウタイツグミが一羽、気が狂ったようにうたいだす。わたしたちもまねがしたくなるが、しかしわたしたちは、土と空気のスパークしそうなほどさわやかな湿気を、胸にいっぱい吸いこむために、帽子もかぶらず家の前に出る。

「いい雨でした」

とわたしたちは言う。

「いい雨でした。しかし、もっと降ってもよかったですよ」

「そうですよ、もっと降ってもね」

と、わたしたちは答える。

「しかしあれだけでも、やっぱり慈雨でしたよ」

三〇分たつと、長い、こまかい、糸のような雨がまた降りはじめる。ほんとうの、おだやかな、いい雨だ。ひろい範囲にむらなくしずかに降る、みのりゆたかな雨。はねを飛ばし、とうとうとみなぎり流れる豪雨ではなく、しとしとと降る、やさしい、気持のいい、しずかな霧さめだ。やさしい露よ、おまえのしずくは一滴だってむだに流れはしない。

とたんに雲が裂け、こまかい雨の糸をおしわけて太陽の光がさしはじめる。糸は裂け、霧さめはやんで、大地はムッとするような、あたたかい湿りを発散する。

「いかにも五月らしい雨でしたねえ」

そう言って、わたしたちはよろこぶ。

「これでなにもかも、きれいなみどりいろになりますよ」

「もう、あと二、三滴降ればいいんだ」

と、わたしたちは言う。

「そうすれば十分ですよ」

太陽はあらんかぎりの力で地球を照りつける。焼けつくような暑さが湿った土に流れてくる。まるで温室の中にいるような息苦しさと暑さ。そのうち天の一角にまた一つ、別の雷雲がひろがってくる。ムッとするような暑い、湿った空気を吸ったと思うと、大つぶの雨がパラパラと土にぶつかり、どこか別の方角から、雨にしっとりとぬれた涼しい風がはこばれてくる。湿った空気の中にいると、なまぬるい風呂につかっているようなけだるさをおぼえる。こまかな水滴を吸いながら、小さな水の流れをわたり、空に白い雲とねずみいろの雲がムクムクともり上がっていくのをながめる。世界じゅうが今にも、あたたかい、やわらかな五月の雨の中にとけてしまいそうだ。

「もっと降るとよかったのに」

と、わたしたちは言う。

6月の園芸家

六月は草の刈り時だ。だが、われわれ都会の園芸家は——朝つゆの乾かないうちに大鎌のゆがみをなおし、胸もあらわにワイシャツ一枚で国民歌謡をうたいながら、きらきら光る草を一気にスパリと撫で切りにするのだ、などと早のみこみしてはいけない。いささかそれとは趣きがちがう。

何よりもまず園芸家がほしがるのは、英国風の芝生だ。玉突き台のようにみどりいろをした、絨毯《じゅうたん》のように目のつまった、完全な芝生、一点の汚れもない草原、ビロードの蓙《ござ》、テーブルと見まごうばかりの草原だ。ところで、春さきに見るこの英国風の芝生は、二、三箇所芝の禿《は》げたところと、タンポポと、クローバーと、土と、苔と、ゴソゴソした黄ばんだ幾株かの草の茎とからできあがっている。そこで、まず除草をしなければならない。わたしたちはしゃがんで、この不愉快な雑草を芝生からぬきとる。するとそのあとには、まるで左官屋かシマウマの一群が踊りまわったかと思われるような、見るかげもなく踏みたくった、何にもない裸の土が残る。それから水をやると、日をあびてすくすく芝がのびはじめる。だが、そのあとで、やっぱりこれは刈ってやったほうがよかろう、ということになる。しんまいの園芸家は、決心するが早いか、さっそく最寄りの郊外をさがしまわり、丸坊主に食べつくされた牧場の境目のところで、サンザシの藪か、さもなければテニスコートの網をかじっている、一匹の山羊《やぎ》をつれた年寄りの婆さんを見つけだす。

「もしもし、おばあさん」

と、園芸家は愛想よく言う。

「あんたの山羊に上等の草がほしくないかね？　うちへ来れば、いくらでもほしいだけ食べられるんだがなあ」

「いくらくださるんですか？」

しばらく思案したあとで、婆さんは言う。

「三マークあげるよ」

そう言って、園芸家はうちへ帰る。そして鎌をもった婆さんが山羊をつれて現われるのを待っている。しかし婆さんは現われない。

そこで園芸家は、大鎌と砥石《といし》を買ってきて、「だれにも頼まん。自分で刈る」と宣言する。ところが、鎌が切れないのか、街なかの草がかたいのか、それともどんな理由でか、要するに鎌がすべって草がひっかからない。そこで、しょうことなしに草の先を一本ずつつかんで引き立て、大骨折って鎌でちょん切る。この場合、普通はたいがい根もいっしょに引っこ抜いてしまう。裁ちもの鋏を使ったほうがずっと仕事が速い。むしったり、引っこ抜いたりして、やっとどうにか芝生をいがぐり頭に刈りあげると、ひと山の刈草を掻きあつめて立ち上がり、山羊をつれた婆さんをさがしに行く。

「ねえ、おばあさん」

と、蜜のように甘い声を出して園芸家は言う。

「刈草が一かごあるんだが、あんたの山羊にもってってやらないかね、あおあおした、きれいな刈草なんだが……」

「いくらくださるんですか?」

しばらく思案したあとで、婆さんは言う。

「一マーク半あげるよ」

VÁPNO

そう言って、園芸家はうちへ帰る。そして婆さんが刈草を取りにくるのを待っている。こんなきれいな刈草をすてるなんて、なんぼなんでももったいなすぎる。最後に、うちにくる道路掃除夫がその刈草を引き受ける。しかし、運び賃に二〇ペニヒください、と言う。
「ご承知でしょうけど、旦那さん」
と、道路掃除夫は言う。
「車にのっけてくと、うるさくってねえ」

熟練した園芸家は、かんたんに芝刈り機を一台買いこむ。車がついていて、機関銃のような音のするやつだ。この車で芝の上をとおると、フワーッと芝が舞い上がる。まったく、おもしろいぐらいだ。こういう芝刈り機が一台、うちのなかに持ちこまれると、おじいさんから孫にいたるまで、うちじゅうの者が芝を刈りたがって摑みあい

をする。ふさふさと茂った芝を刈るのは、じつにたのしい。

「貸してごらん」

と、園芸家は言う。

「ぼくがやり方を教える」

そう言うと、運転手兼草刈り人のポーズで芝生の上をガラガラッと走る。

「もういいわ。またわたしにやらせて」

と、二人目の家族がねだる。

「もうすこしやらせろ」

と、園芸家は自分の権利を主張して、またあらたにガラガラッと、芝を刈りながら走りだす。

これが干し草の晴れやかな刈り初め式だ。

「ねえ」

しばらく時をおいて、二人目の家族に

園芸家は言う。

「あの機械で芝を刈りたくないかい？　気持のいい労働だぜ」

「知ってるわ」

と、相手は気のなさそうな返事をする。

「だけどねえ、わたし今日は忙しいの」

＊

草刈りは、ご承知のとおり、雷雨の季節だ。二、三日前から、天にも地にも、その気配が感じられる。太陽がいやにジリジリ照りつけ、地割れがして、犬が臭い。園芸家は心配そうに空をながめて、雨が降るな、と思う。そのうち不吉な雲があらわれて、猛烈な風が起こり、埃と、帽子と、枯れ葉をはこんでくる。

すると園芸家は、髪の毛を風になびかせながら庭へ突進する。ローマンチックな詩人のように自然の力に立ちむかうためにではけっしてない。それどころか、風のなかで揺すぶられているものを片っぱしからしばり、園芸用具や椅子をしまいこむため——。要するに、自然の力によるあらゆる災害に挑戦するためなのだ。デルフィニウ

ムの茎をしばろうとして骨を折っているうちに、最初のあたたかい大粒のしずくがポツッと落ちてくる。一瞬間、息がとまりそうになる。それから、雷鳴といっしょに、突如、しのつくような豪雨がザーッと降りだす。園芸家は軒下ににげこみ、たたきつけるような雨と嵐に身をふるわせている庭を、ハラハラしながら見つめている。

いよいよ嵐がひどくなると、まるで溺れかかった子供を助けにでも行くように、うなだれた一本のユリをくくりに飛び出す。おやおや、なんという大量の水だろう。そのなかへ雹《ひょう》がパチパチ音をたててとびこみ、庭いちめんに跳ね上がり、汚れた水に押し流されてゆく。花がどうかなりはしないかという心配と、雄大な自然現象によってよび起こされる一種の霊感が、園芸家の心のなかで格闘する。そのうち、雷の音がにぶくなり、どしゃ降りが冷い雨に変わって、糸のような霧さめになる。

園芸家は涼しくなった庭に走り出て、砂で埋ずまった庭をながめ、へし折られたアイリスをながめ、めちゃめちゃになった花壇をながめて、がっかりする。しかし、ウタイツグミの一声が耳にはいるやいなや、垣根ごしに隣りの家によびかける。

「ヤア、もっとたくさん降ってくれるとよかったんですがねえ。木のためには少なすぎましたよ」

　翌日の新聞を見ると、天災的な豪雨の記事がのっており、なかんずく種まきのすんでいる畑の被害は惨澹《さんたん》たるものだ、と書いてある。ところでユリだとか、オリエンタル・ポピーだとかのこうむった重大被害については、ひとことも書いていない。われわれ園芸家はいつも無視されているのだ。

＊

　すこしでも御利益《ごりやく》があるものだったら、園芸家は毎日ひざまずいて、こう言ってお祈りをするにちがいない。

「神さま、どうぞ毎日、夜中から午前三時まで、土の中によくしみこみますようにゆっくり、あたたかい雨をお降らせくださいますよう。ただし、ムシトリビランジだとか、アリッサムだとか、ハンニチバナだとか、ラヴェンダーだとかいったような、全智全能のあなたさまが、乾燥を好む植物としてご存じの花には、雨をお降らせくださいませんよう。――お望みでございましたら、一枚の紙に書いて差し上げますでございます。なお、一日じゅう日が当たりますように、どうぞお願いいたします。しかし、どこもかしこも同じように日がさしませんように。（たとえばスパイレアやリンドウなどには日が当たりませんように。ギボウシとロードデンドロンにも日が当たりませんように。）なお、日ざしはあまり強すぎますと困ります。それから、うんとたくさん露がいただきとうございます。風は少なく、ミミズは十分に、アブラムシと、カタツムリと、ウドンコ病はお与えくださいませんように。一週間に一度、うすい水肥とグアーノをお降らせくださいますよう。アーメン」

だって、エデンの園では、じっさいそのとおりだったにちがいない。そうでなかったら、エデンの園にあんなに草木がよく茂るはずはない。どう思います、諸君？

＊

アブラムシのことにふれたから、六月はまさにアブラムシ退治の月だということをつけ加えておかなければならないだろう。そのためにはいろいろの粉末、薬剤、アルコール溶液、抽出物、煎剤《せんざい》、忌避剤、軟石鹸《なんせっけん》、砒素剤《ひそざい》、ニコチン、その他の毒薬があって、園芸家は、腹いっぱい、しこたま樹液を吸いこんだみどりいろのアブラムシが、バラの株にゆゆしく繁殖しているのを見るやいなや、かわるがわるこれらの薬剤をこころみる。一定の注意をおこたらないで、適当にこれらの薬剤を用いれば、バラはせいぜい葉と蕾が焼けるくらいで、たいした被害もなく、アブラムシ退治に耐えるものだ、ということに気がつくだろう。ところでアブラムシというやつは、退治している間に非常な勢いで繁殖して、バラの枝を、まるでぎっしり目のつんだ刺繡《ししゅう》のようにおおってしまう。そのときは——ワアッ、気色がわるいな、と言いながら、一枝ごとにアブラムシをおしつぶすこともできる。ただし、そのあとしばらくは、園芸家の指からタバコの煎じ汁と軟石鹼の匂いがぬけない。

野菜つくり

啓発されるところの多いこの瞑想録を読んで、きっと憤慨する人がいるだろう。なんだ、この野郎は、食料にもならない、くだらない植物のことばかりしゃべって、ニンジンだとか、キュウリだとか、コールラビだとか、ハナヤサイだとか、タマネギだとか、リーキ〔洋葱〕だとか、廿日《はつか》ダイコンだとかについてはもちろん、セロリや、エゾアサツキや、パセリについてさえ、ひとこともしゃべらない。いわんや、あのキャベツのすばらしい結球ぶりについてをや！　なんという園芸家だ！　こいつは、半ば自惚《うぬぼれ》から、半ば無智から、庭で栽培しうるもののなかでいちばん美しい、たとえばレタスの花壇を見ごろしにしている、と。

この非難に対してわたしは、こう答える。わたしは、生涯のある時期に、ニンジン、キャベツ、レタス、コールラビの花壇をいくつか作ったことがある。むろん、一種のローマンチシズムから、自分が百姓になったような幻想にひたりたいためだった。ところが、間もなくわたしは、一日に一二〇個の廿日《はつか》ダイコンをひとりで平らげなければならないことがわかった。うちじゅうでもう、みんなが食べようとしなくなったからだ。

その翌週には、またキャベツをしょいこんだ。息をつくひまもなく、こんどはコールラビ攻めにあった。（それがまた、物凄《ものすご》い繊維質の、こちこちのやつだった。）すてずにすませるために、余儀なく、日に三度もレタスをグシャグシャにかむ日が何週間かつづいた。

野菜栽培をやる人たちの興をそぐつもりは、けっしてない。しかし彼らの播いた種は、彼らが刈らねばならぬ。わたしが丹精したバラを、わたしがムシャムシャ食べ、スズランの花をかじらねばならぬことになったら、わたしは、それらの花に対するわたしの尊敬をかならず失うにちがいないと思う。山羊が園芸家になることはできるが、園芸家が自分の庭を食べつくすために山羊になることは、ほとんど不可能だ。

　余談だが、われわれ園芸家にとっては、そうでなくてさえ、ありあまるほど敵がいるのだ。スズメだの、ツグミだの、子供だの、カタツムリだの、ハサミムシだの、アブラムシだの。わたしは諸君にききたい。――この上、蛾《が》や蝶の幼虫までわれわれの敵にしろというのか？　この上、モンシロチョウまでわれわれの敵にまわせというのか？

　自分がもし一日だけ独裁者になったとしたら？　一度はだれでも空想するものだが、わたしだったら、その日に、かぞえきれないくらい、うんとたくさん命令と、禁令と、新しい法律を出す。その一つとしてわたしは、キイチゴ令というのを出す。園芸家は垣根の近くにキイチゴを植えるべからず。これを犯す者は、刑罰として右手を斬り落とす、という法令だ。

　考えてみるがいい。隣りの庭から、頑健そのもののようなキイチゴの地下茎の芽が、ロードデンドロンの真ん中にひょっこり姿を現わしたとしたら、そこに住む人はどうしたらいいのだ？　キイチゴというものは、何メートルも地面の下をはうものだ。垣根であろうと、壁であろうと、塹壕《ざんごう》であろうと、たとえ鉄条網をはったところで、立て札を立てたところで、これをさえぎることは不可能だ。

そのうちそいつが、諸君のナデシコやマツヨイグサの花壇の真ん中にニョキニョキ頭を出してくる。そうなると、手のほどこしようがない。

ああ、いくらでもニョキニョキとキイチゴの芽を出させるがいい！　ああ、熟したキイチゴのように大きな疣《いぼ》を、いくらでも諸君の顔にぶつぶつこしらえたまえ！　だが、もし諸君が尊敬すべき、りっぱな園芸家であったら、庭の垣根のそばにキイチゴだとか、タデ類だとか、宿根性のヒマワリ類だとかいったような、いわば隣人の私有財産を足でふむような植物を、諸君は植えたりしないだろう。

もし諸君が隣人をよろこばせようと思うなら、垣根のそばにメロンを植えたまえ。むかし隣りの庭から垣根のこっち側に、メロンが一つできたことがあった。ものすごく大きな、まるでエデンの園にできるような、記録破りのメロンだった。大勢ジャーナリストたちや、作家たちが、いや、それどころか大学教授たちまで、これを見てびっくりしたものだ。こんな大きな果物が、どうして垣根のすきまを押しわけて、こっち側へはいってこられたのか、どう考えてもわからなかった。

そのうち、このメロンが、すこし無作法に感じられはじめた。わたしたちは、罰に、そのメロンをもぎ取って、全部たべてしまった。

7月の園芸家

園芸家の金科玉条に従うと、バラの芽接《めつ》ぎは七月にやる。普通は、こんなぐあいにやる。

まず、台木として野生のバラを一株、それから大量の穂と、芽接ぎナイフ、あるいは剪定ナイフを一挺用意する。すべてがそろったら、親指の腹でナイフの切れ味をしらべる。切れ味が十分であれば、ナイフは親指を切って、ポッカリ裂けた赤い傷口をのこす。つぎに、そのまわりに、二、三メートルの繃帯《ほうたい》をぐるぐる巻きつける。すると、その指に、まるまるとふくらんだ、けっこう大きな蕾が一つできる。これを称してバラの芽接ぎという。

野生のバラが手もとにない場合は、右に述べた親指の手術を別の機会にやることもできる。挿木の穂をこしらえるときとか、花のおわった花梗や台芽を切り落とすときとか、ブッシュを剪定するときとか、その他の場合に。

こうしてバラの芽接ぎがおわると、こんどは、暑さのために乾いて固まった土を、また中耕しなければならぬことに気がつく。この中耕というやつは、だいたい一年に六回やるのだが、そのたびに掘り出す石っころや、その他のがらくたは、おびただしい数にのぼる。察するに、これらの石っころは何かの種か卵から生まれるか、でなければ、隠れた地底からたえまなくよじ登ってくるものらしい。どういう方法によってかわからないけれども、ひょっとするとこれらの石っころは、地球がかく汗なのかもしれない。

とにかく庭の土とか、耕作地の土とかいうもの（これらは腐植土ともよばれている）は、一定の成分からなりたっているものだ。そこにあるものは何かというと、土、肥料、腐った葉、ピート、石、ジョッキの破片、こわれた鍵、くぎ、はりがね、骨、チョコレートの銀紙、煉瓦、古銭、タバコの古パイプ、板ガラス、鏡、古ラベル、ブリキ製の容器、ひも、ボタン、靴の底革、犬の糞、石炭、壺《つぼ》の把手《とって》、洗面器、ぞうきん、小瓶、水差し、締め金、蹄鉄《ていてつ》、缶詰のあき缶、絶縁体、新聞紙の切れっぱし。その他、ひと鍬ごとに、数えきれないほどたくさんの物が花壇から出てきて、園芸家を

おどろかせる。ひょっとするとチューリップの下から、アメリカ製のストーブが出てこないとはかぎらない。ことによると五世紀のフン王の墓か、さもなければ、ギリシアの神々の託宣集が発掘されまいものでもない。耕作地のなかには、見つからないものは何ひとつない。

＊

しかし七月のおもな苦労は、なんといっても庭の水やりと、スプレーだ。如露で水をやるとすれば、自動車の運転手がメートルを数えるように、園芸家は如露を数える。

「ワア、やっとすませた！」

まるで新記録を出した選手のような得意さで、

「きょうは四五杯はこんだぞ」

と、宣言する。

ブクブク泡の立つ水が、乾ききった地面にサーッと降りそそぐときの、また夕方のうれしいシャワーで花も葉もすっかり重くなってキラキラとかがやくときの、さては、庭じゅうがしっとりとうるおい、さながら喉の渇いた旅人のようにホッとしたときのこころよさ。

「ああ、おいしかった！」

ぬれた口髭《くちひげ》をふきながら、その旅人は言う。

「なんとなんと喉の渇いたことだ！　ご主人、もう一杯！」

すると園芸家は、この七月の乾きをいやすために、すぐさまもう一杯如露をはこびにかけだす。

もちろん、水道の栓と一本のホースがあれば、もっと早く、もっと大規模に灌水ができる。比較的みじかい時間に、花壇はおろか、芝生から、ちょうど三時のお茶をのんでいる隣りの家族から、往来の通行人から、室内から、家族の全員まで、なかんず

くいちばんたっぷり灌水ができるのは自分自身だ。水道の栓から噴き出す、こういう水の威力は、おどろくべきもので、ほとんど機関銃にひとしい。一瞬間で地面に穴を掘り、多年草を刈り取り、梢をもぎ落とすことができる。なかんずく爽快なのは、ホースを風上にむけて水をまくときだ。これはまさに水治療法だ。これをやると、じつに、徹底的にずぶぬれになる。ホースというやつは、いちばん思いがけない、真ん中へんのどこかに穴をあけたがる、へんな癖をもっている。すると足もとには海蛇がとぐろを巻き、人間は吹き上げる噴水の真っただ中で水の神さまになる。これは圧倒的な光景だ。

やがて肌までびっしょり水がしみとおったのを感ずると、やっと園芸家は満足し、「もうこれで庭も十分だ」と宣言して、服を乾かしに行く。そうこうしているうちに、庭はやれやれとため息をつくまもなく、またたくまに噴水を吸いこんで、またカラカラに干上がる。喉の渇きは前とちっとも変わらない。

ドイツの哲学によると、あるがままの現実は「あるもの」にすぎぬ。ところが、より高い倫理的な掟《おきて》は、「あらねばならぬもの」を具体化するのだ、と主張している。だから園芸家は、ことに七月という月には、この「より高い掟」を讃美する。そして何が「あらねばならぬ」かを

十分に心得ている。園芸家はその顔に表情をたっぷりこめて、言う、「雨が降らねばならぬ!」と。

じっさい、そのとおりだ。いくら生きるのに必要な日光でも、それが摂氏五〇度以上にのぼり、芝生が黄いろくなり、草花の葉が干からび、木の枝が、乾燥と高温のために弾力がなくなってカサカサになり、土がひび割れて石のようにかたくなるか、焼けるような熱い粉になって崩れるかするときには、たいがい、⑴ホースが破裂して、園芸家は灌水ができなくなる。⑵水道に故障がおこって、ぜんぜん水が出なくなる。

こんなときには、いくら園芸家が汗で

土をうるおそうとしたって、むだだ。たとえ小さな芝生ひとつでも、たっぷり湿らすには、どれだけ汗をかかなければならないか、想像してもらいたい。文句を言ったところで、それどころか「ばかやろう」と言ったところで、「こんちくしょう」と言ったところで、カンカンに怒ってペッと唾をはいたところで、たとえその唾をいちいち庭へとび出して吐いたところで（一滴の湿りでも、この際ありがたいのだけれど！）、何の役にも立たない。そこで園芸家は、例の、「より高い掟」に逃げ場をもとめて、あたかも前世からの約束ででもあるかのように、「雨が降らなきゃいかん！」と言いはじ

める。

「ことしはどこへ避暑にお出かけ？」

「そんなことはたいしたことじゃない。雨が降らなきゃこまるよ」

「大蔵大臣の辞職をどう思う、きみ？」

「雨が降らないと困る、って言ってるんだよ。考えてみたまえ。四日も、五日も、六日も、つめたい雨の糸がサラサラと降りつづく、あのみごとな十一月の雨を。じめじめした、うすら寒い、わびしい雨をさ。靴の中にながれこんで、足の下でピチャピチャ音を立てて、骨の中までしみこんでくる。——とにかく、雨が降ってくれないと困るよ」

＊

バラ、フロックス、マツバハルシャギクにヘメロカリス、グラジオラス、カンパニュラにトリカブト、オグルマ、イソツツジにマーガレット……。コンディションはわるくても、ありがたいことに、ふんだんにまだ花が咲いている。ひっきりなしに何かが咲いては、何かがしぼんでいる。しぼんだ花をたえず切り取らなければならない。

そして、切りながら園芸家はつぶやく、「おまえも、もうお陀仏《だぶつ》だ」（自分にむかってでは、けっしてない。花にむかってだ。）

見たまえ、これらの花を。まったく女のようだ。じつにきれいで、みずみずしくて、いつまでも眺めあきない。それでいて、彼女たちの美しさを、全部は、けっして見ていないのだ。なにかしら、いつも見落としている。どの美しさを見ても、ひとつとして見あきることがない。だが、しぼみはじめるやいなや、彼女たちは何ひとつ、身に保つことができない。（わたしは花のことを言っているのだ。）そして残酷な言い方をするなら、自堕落《じだらく》女のように見える。ああ、なんと残念なことだろう。わたしのいとしい美人よ（わたしは花のことを言っているのだ）、なんと残念なことだろう、時が移るということは。美はうつろえど、園芸家だけはほろびない。園芸家の秋は、早くも三月にはじまるのだ、最初にしぼんだスノードロップとともに。

植物学の一章

植物にグレーシャル・フローラ〔氷河植物〕、ステップ・フローラ〔草原植物〕、アークティック・フローラ〔寒帯植物〕、ポンティック・フローラ〔黒海沿岸草原地帯植物〕、メディタレニアン・フローラ〔地中海沿岸草原地帯植物〕、サブトロピカル・フローラ〔亜熱帯植物〕、マーシー・フローラ〔湿地植物〕その他、いろいろの区分があることは、ご承知のとおりだ。つまり、原産地と、その植物の見出される場所、繁茂《はんも》している場所によって区分されているのだ。

諸君がもしいくらかでも植物に興味をもっていたなら、カフェーには、たとえば燻《くん》製品《せいひん》専門店とは別の植物が茂っていることに気がつくだろう。また、ある種、ある属の植物は、駅では非常に成育がよく、ある植物は踏切りの番小屋で好成績をあげていることに気がつくだろう。詳細に比較研究をすると、カトリック教徒の窓ぎわでは、非キリスト教徒や進歩主義者のそことは別の植物が茂り、宝石店のショーウィンドウには、事実、造花だけがりっぱに育っていることが証明されるだろう。しかし植物地誌は、いまのところ、まだおむつを当てているような状態なので、判然と区別のできる、二、三の分類群について述べよう。

1　ステーション・フローラ〔ステーション植物〕は二つの亜綱《あこう》に分かれる。駅、および駅長の庭に生ずる植物だ。プラットフォームでは、ふつう小さな籠《かご》にはいってぶら下がっているが、ときとして蛇腹に生ずることもあり、また駅の窓ぎわにはびこることもある。とくに繁茂しているのはキンレンカ、ロベリア、テンジクアオイ、ペチュニアおよびベゴニアであり、大きな駅にはドラセナを見ることもある。ステーション・フローラの特徴は、非常に花づきのいいことと、色彩の華やかなことだ。駅長の庭は植物学上あまり特徴がない。そこに見られるものはバラ、ワスレナグサ、パンジー、ロベリア、スイカズラ、その他、社会学上比較的差別の少ないスペシース〔種《しゅ》〕だ。

2　レイルウェイ・フローラ〔鉄道植物〕は踏切り番の庭にはえる。これにふくまれる植物は、なかんずくタチアオイともよばれているホリーホック、ヒマワリ、そのほかキンレンカ、ツルバラ、ダリア、ときとしてエゾギクがふくまれることもある。一見してわかるように、たいがいは垣根の上から顔をのぞかせる植物だ。たぶん、通りすぎる機関手たちをよろこばせようと思ってだろう。野生の鉄道植物はレイルの土手にはえる。この仲間にはいる植物は、なかんずくハンニチバナ、キンギョソウ、モウズイカ、〔18〕タデ、トウバナその他、二、三のレイルウェイ・スペシースだ。

3　バッチャー・フローラ〔精肉店植物〕は肉屋のショーウィンドウの、切りかけの背肉と、後脚の上腿《じょうたい》と、小羊と、ソーセージのあいだによくはえる。これに属するものにアオキ、アスパラガス・スプレンゲリー、ハシラシャボテンの種類と、ヒゴタイ[19]といったような、いくつかのスペシースがある。燻製品専門店ではアローカリア、それからどうかするとサクラソウが鉢に植わっていることがある。

4　ホテル・フローラ〔旅館植物〕に属するものとしては、入口の前に二本の小さなキョウチクトウと、窓にジャコウソウモドキがある。いわゆる家庭料理専門の旅館では、窓にシネラリアがおいてある。料理店ではドラセナだとか、フィロデンドロンだとか、大葉の観葉ベゴニアだとか、コレウスだとか、扇のような葉をもったシュロだとか、ゴムノキだとか、とにかく、昔の社交欄の新聞記者たちが「貴賓席は熱帯植物の、したたらんばかりのみどりに浸っていた」と、いみじくも描写した、あの種の植物がはえている。カフェーにはえるのはジャコウソウモドキだけだ。そのかわりカフェーのテラスにはよくロベリアだの、ペチュニアだの、ムラサキツユクサだの、そればかりか、ゲッケイジュやキヅタまでさかんにはえる。

＊

わたしの知っているかぎりでは、パン屋、銃砲店、自動車販売店、農具店、金物店、毛皮店、紙屋、帽子店その他、多くの商店には、まったく植物が育たない。官庁の窓には何にもはえないか、さもなければ赤と白のテンジクアオイがはえる。一般に官庁の植物は吏員または長官の意志と好意次第だし、それにそこには一定の伝統というものがあって、それが植物の育ちを決定する。鉄道省の管轄下では植物はもっとも旺盛な成長をするが、郵便局と電信局ではまるっきり、何にもはえない。植物の成長という点では、自治権をもつ植民地の官庁のほうが、政府の官庁よりも地味が肥えている。なかでも税務署ときたら完全な砂漠だ。

＊

チャーチヤード・フローラ〔墓地の植物〕は、もちろん、それ自身一つの綱《こう》をなしている。そして、いうまでもなく、祭られる人たちの胸像のまわりをとりまく祭りの植物だ。これにはいるのはキョウチクトウ、ゲッケイジュ、マツ、最悪の場合でジャコウソウモドキだ。

＊

ウィンドウ・フローラ〔窓の植物〕には二通りある。貧乏人の植物と金持の植物がそれだ。貧乏人のところにはえた植物のほうが、概して出来がいい。それに金持のところに育った植物は、主人が避暑に出かけているあいだにたいがい枯れる。

＊

むろん、数多い植物の産地の植物学的な多様性は、けっして以上で論じ尽くされたわけではない。たとえば、どういう種類の人間がホクシアを植え、どういう種類の人間がトケイソウをつくり、どういう職業の者がシャボテンマニアになるか、というようなことを、いつかわたしはつきとめたいと思っている。ことによったら、共産党植物、あるいは国民党植物といったような特殊の植物がないともかぎらない。世界はすばらしく多種多様だ。あらゆる職業が、いや、それどころか、あらゆる政党が、めいめいそれ自身のフローラをもっていないとは断言できない。

8月の園芸家

八月は、ふつう、家庭の園芸家は、魔法の花園をあとにして避暑に出かけるときだ。なるほど、園芸家は一年じゅう断乎《だんこ》として、「ことしはどこへも出かけませんよ」と、予告する。「どこへ行ったたって、わが家にまさる避暑地はありませんからね。園芸家が、汽車だの何だの、つまらないことで苦労するなんて、そんなバカげた話がありますか」と言う。

そのくせ夏になると、放浪的な本能にかられてか、隣り近所の噂《うわさ》をはばかってか、たちまち都会を見すてる——。むろん、出かけるのは気がすすまない。庭に対する懸念と憂慮で胸がいっぱいだ。という意味は、留守のあいだ安心して庭をまかせることのできる友達か親戚の者が、だれか一人、見つからないうちは汽車にのれない、ということだ。

「とにかく、ごらんのとおり、いまは庭では何にもすることがないんです。三日に一日見まわってくださるだけでいいんです。何か変わったことがあったら、ハガキ一枚よこしてください。すぐに帰ってきますよ。じゃあ、いいですね、よろしくお願いします。さっきお話ししたように、五分間でいいんです。ちょっと見まわるだけで」

それから、この親切な男にくれぐれも庭のことをたのんで、出かける。

翌日、この男は一通の手紙をうけとる。

「お願いするのを忘れましたが、毎日庭に水をやってください。いちばんいいのは、朝の五時か、夕方の七時ごろです。

大した仕事ではありません。水道の栓にホースをつけて、一時間水をやるだけでいいのです。マツ科の植物には、どうか、たっぷりやってください。それから芝生にも。雑草が目についたら抜いてください。以上」

それから一日たつと、

「ひどく乾燥しています。お願いです。ロードデンドロンに汲みおきの水を、如露に二杯ぐらいずつ、マツ科の植物には五杯ずつ、その他の植物には四杯ぐらいずつやってください。いま咲いているものには、うんと水をやらないといけないのです。いまは何と何が咲いていますか、折返しお知らせください。しぼんだ花は、花梗を切り落とさないといけません！　花壇を全部、鍬で中耕していただけるといいのですが。そうすると、土が呼吸しやすくなります。バラにアブラムシがついていたら、ニコチン剤を買って、露のおりているときか雨のあとで、噴霧器でかけてください。さしあたり、それ以外にしていただくことはありません」

三日目。

「芝を刈らなきゃならないことを忘れていました。芝刈器で刈ってくだされば、ぞうさありません。芝刈器でのこった芝は、刈込みハサミで切ってください。ただし注

意！　刈ったあとは、よく熊手でかいて、箒ではかないと芝が禿げます！　それから水をやること。うんとたくさん水を！」

四日目。

「万一、嵐が来たら、大急ぎで庭を見まわってください。豪雨のためによく被害をうけることがありますから、そんなとき、ちょうどその場にいてくださると都合がいいのです。バラにウドンコ病が出たら、手遅れにならないように早く、朝露のあるうちに硫黄華《いおうか》をふりかけてください。丈の高い草花は風で折れないように、支柱にくくりつけてください。ここはすてきです。キノコがうんとはえてい

るし、すばらしい水浴びができます。家のきわのブドウに毎日水をやることを忘れないでください。アイスランド・ポピーの種を一袋採《と》ってください。芝生は刈ってくださったでしょうね。あとは、ハサミムシ退治のほかに何にもすることはありません」

六日目。

「速達で当地に自生している植物を一かご送ります。すぐ植えること。夜中にあかりをもって庭に行き、カタツムリを退治してください。路にはえている草をとっていただけるといいのだけど。植物の見張りも大して時間つぶしにならず、小生の庭でたのしい時をお過ごしのことと

存じます」

親切な男は責任を感じているので、そのあいだ、水をやり、芝を刈り、土を耕し、草むしりをし、到着した植物を手にもって、さてどこがよかろうかと、植え場所をさがして歩きまわる。汗だくになって、頭から足まで泥まみれになっている。そのうちに気がついてハッとする。小物が一本ここでしおれている。あそこでは花の首が二つ三つうなだれている。むこうのほうでは芝生が黄いろくなりはじめ、庭じゅうがまるで火傷《やけど》でもしたように見える。親切な男は、なんだってこんな厄介《やっかい》な仕事を引き受けてしまったんだろうと、くやしがり、早く秋になりますようにと、神さまにお祈りをする。

一方、庭の持ち主は植物と芝生のことが気がかりで、夜もおちおち眠れず、親切な男が毎日庭のようすを知らせてくれないのに腹を立て、毎日、自生の植物を一箱と、重要な指令を一ダースぐらい書きこんだ手紙を一通ずつ送りながら、家へ帰る日を指折り数えて待っている。

やっと家へ帰ってくると、スーツケースを持ったまま庭にかけこみ、涙ぐんだ眼であたりを見まわす。（ろくでなしの、まぬけ野郎め！）と、腹の中で彼は憤慨する。（おれの庭をメチャメチャにしちまいやがった！）

「ありがとう」

ぶっきらぼうにそう言うと、荒れはてた庭に水をまくため、当てつけがましくホースをとり出す。（とんちきめ！）心の底で彼は考える。（こんな男を信用するなんて！避暑に出かけるなんて馬鹿なことは、もう、一生涯やらないぞ！）

＊

さて、自然にはえている植物なら、園芸マニアはどこからでも掘ってきて、自分の

庭にとりいれることができる。しゃくなのは、それ以外の天然物だ。（ちくしょう！）園芸家はそう思って、マッターホルンやゲルラッハシュピッツェを見上げる。（この山がおれの庭にあったらなあ。そしてあの物凄く大きな木のはえた原始林の一部分と、開墾地、それからこの谷川、いや、それよりむしろこの湖のほうがいいな。あそこのみずみずしい草原もうちの庭にわるくないな。それから、ほんのちょっぴり海岸があってもいいかもしれない。荒れはてたゴシック式の尼寺も一つぐらいほしい。それから、千年ぐらいたったこのボダイジュもほしいな。この古めかしい噴水もうちの庭にわるく

ないな。それから、どうだろう、鹿が一群れに、アルプス羚羊《かもしか》が一つがいいたら。でなきゃ、せめてこの古いポプラの並木があったら。さもなきゃ、あそこのあの岩か、さもなきゃ、あそこのあの河か、さもなきゃ、このカシワの林か、さもなきゃ、あそこに青白く見えてる滝か、でなきゃ、せめてこの静かなみどりいろの谷があったらなあ——）

園芸家の望みをかたっぱしからかなえてくれる悪魔と、なんとかして契約がむすべるものなら、園芸家はおそらく悪魔に魂を売りわたすにちがいない。だが、気の毒に、悪魔は園芸家の魂をとんでもない高い値で買うことになるだろう。

「なんとあさましいやつだ、きさまは！」

最後にきっと悪魔はこう言うにちがいない。

「こうこき使われては、おれがたまらん。いいかげんにきさまは天国へ行ってしまえ。——どっちみちきさまはあそこへ行く人間なんだから」

それから悪魔は怒ってしっぽをふり、サルビアやマツバハルシャギクの花をつぎかららつぎになぎ倒しながら、身のほどをわきまえぬ、際限のない欲望といっしょに園芸家を置き去りにして、さっさと行ってしまうだろう。

ところでご承知願いたいことは、わたしが話しているのは花つくりのことであって、リンゴつくりやキャベツつくりのことではない。果樹マニアはリンゴやナシのことだけ考えて、よろこんでいればいい。野菜のマニアは超等身大のコールラビや、カボチャや、セロリのことだけ考えて、夢中になっていればいい。真の園芸家は、八月がすでに峠《とうげ》だということを、直感で知っている。

いま咲いているものは、すでに、色香のおとろえを急いでいる。これから来るものには、まだ、秋のアスターとキクの季節がある。それがおわると、「さようなら!」だ。しかし、まだまだおまえがいる。かがやくように色のあざやかなフロックス、牧師館の庭に咲く花が。おまえもいる、こがねいろのミソハギ、こがねいろをしたアキノキリンソウ、こがねいろのオオハンゴンソウ、こがねいろのキクイモモドキ、こがねいろのヒマワリ。おまえたちもまだいる。それに、わたしもいる。わたしたちは、まだまだ、よわらない。よわるもんか、まだ一年じゅうが春であり、一年じゅうが少年期だ。休むまなしに何かしら咲いている。人は秋だと言うが、ただ口さきだけだ。そのあいだわたしたちは、ほかの花たちといっしょに咲きつづけ、地下で成長して、新芽をつくっているのだ。たえず、することがある。これから寒さにむかう、などと言っているのは、両手をポケットにつっこんでいるなまけ者だけだ。咲いているものや、実をむすんでいるものは、たとえ十一月になっても、こがねいろの夏こそ知れ、秋は知らない。咲くことこそ知れ、しぼむことは知らない。秋のアスターよ、親愛な人々よ、一年は果てしがないほど長いのだ。

シャボテンつくり

わたしがこの一派を宗門に帰依する信徒だというのは、彼らがひどく熱心にシャボテンを栽培しているからではない。それだけなら、夢中になっているとか、常軌を逸しているとか、マニアだとか言えばすむ。宗門に帰依するということは、夢中になって何かをすることでなく、夢中になって何かを信仰することだ。シャボテン栽培をやっている連中のなかには、大理石の粉を信仰する者がいるかと思うと、煉瓦の粉を信仰する者がいる。そうかと思うとまた、木炭を信仰する者がいる。ある者は、水をやらなければいけないと言い、ある者は、やってはいけないと言う。じっさいのシャボテン用土には、それ以上に、もっとたいせつな秘訣がいくつかあるのだが、シャボテンをつくる連中は、たとえ車裂きにされてもそれは洩らさない。

これらの宗門、宗規、礼典、学校はもとより、宗門にぜんぜんかかわりのない、孤立した、自己流のシャボテン栽培家でも、みんな自分の方法によらなければ、これほどみごとな成績は絶対に得られない、と断言する。

「このランポウギョク〔鸞鳳玉〕をちょっと見てごらんなさい。いままでにこんなランポウギョクをだれかのところで見たことがありますか？　おしえますよ。ただし条件つきですよ。だれにもしゃべっちゃいけませんよ。水をやっちゃいけないんだ。頭から霧を吹きかけるんだ。これが秘訣なんだ」

「なに！」

もう一人のシャボテン栽培家はさけぶ、

「ランポウギョクに頭から霧を吹きかけてもいいなんて、前代未聞だな。頭のてっぺんに風邪をひかせようっていうんですか？　冗談じゃないですよ、あんたのランポウギョクが、たちまち腐ってもよければだが、そうでなかったら一週間に一ぺん、摂氏二三・七八九度の暖い軟水に鉢ごとつけて、湿らすんだ。そうすればカブ〔蕪菁〕のように育ちますよ」

「とんでもない！」

三人目のシャボテン栽培家は大声をあげてさけぶ、

「ごらんなさい、このシャボテン殺しを！　あんたねえ、鉢を水のなかにつけたら、鉢がミズノハナでおおわれてしまいますよ。土が酸性になっちゃいますよ。そりゃあだめだ、あんた、そりゃだめですよ。それに、あんたのランポウギョクは根腐れをおこしますよ。土を酸性にすまいと思ったら、ひるま、殺菌した水をやらなきゃいけませんよ。その水もですね、空気より正確に〇・五度暖くなくっちゃいけないんだ。それを一立方メートルの土に対して〇・一一一一グラムになる程度にやるんですよ」

それから三人のシャボテン栽培家が、いっせいに大きな声でわめきだし、げんこと、歯と、足と、けづめで、おたがいに相手にとびかかる。ところで、世の中がむかしからそうであるように、そのような手段にうったえてさえ、ほんとうの真理は明かるみにあらわれない。

こんなにシャボテンに夢中になる連中がいるというのも、人智をもってはかり知れない神秘的なものを、多分にシャボテンがもっているからだ。たしかにこれは真理だ。

バラはきれいだ。しかし神秘的ではない。神秘的な植物といえばユリ、リンドウ、ハクサンチドリ、エデンの園にある知恵の木、とにかく非常に齢《とし》をとった木とか、キノコのうちのあるものとか、マンドラゴーラ〔20〕、キンシダ、アイゾアケアイ〔21〕、毒草、薬草、スイレン、メセン類とシャボテンだ。

どこが神秘的か、ときかれても言えない。わたしたちがそう感じ、うやうやしく頭をさげたい気持がおこるからには、なにか神秘的なものがあるはずだ。ヤマアラシに似たシャボテンがある。そうかと思うとキュウリのような、カボチャのような、ろうそく立てのような、ジョッキのような、司祭のかぶるビレッタ帽のような、ヘビの巣のようなのがある。そうかと思うとまた、いちめんにうろこでおおわれたものや、吸盤、毛、小さな鉤《かぎ》、いぼ、棘《とげ》、トルコ剣でおおわれたものがある。丸いもの、ひょろ長いもの、槍騎兵《そうきへい》連隊のようにこわい針をやたらにニョキニョキ突き出しているもの、抜剣《ばっけん》縦隊のように勇ましいもの、ふくれたもの、筋ばったもの、しわのよったもの、あばたのあるもの、ひげっ面《つら》もいれば、お天気やもいる。気むずかしやもいれば、むっつりやもいる。鉄条網のように棘だらけのもの、かごのようによりあわされているもの、あるいはおできのように見えるもの、あるいは動物のように見えるもの、あるいは武器のように見えるもの。世界創造の三日目につくられた、それぞれ自分の種類に応じて種をむすぶ、ありとあらゆる植物のうちでいちばん男性的な植物。(「やあ、これはこれは！」われながら自分の創り出したものに感心して、神さまはおっしゃった。)

シャボテンは、いやらしく手をふれたり、キッスをしたり、乳房をおしつけたりしないでも、愛することができる。シャボテンは、水ももらさぬ仲とかなんとかいったような、くだらないことには、すこしも関心をもたない。シャボテンの硬さときたら、石のようだ。寸分の隙もなく武装され、死んでも降参しない覚悟をもっている。立ちどまるんじゃない、なまっちろい人間ども、さっさと行け。行かないと突き刺すぞ！小さなシャボテンのコレクションを見ていると、一寸法師の荒武者たちの野営陣地をおもわせる。この荒武者の首か手を斬り落とすと、またあらたに武装した荒武者が、大刀と小刀をふりまわしながら、育ってくる。一生は戦いだ。

ところが、この傲慢な、怒りっぽい強情者も、ひょいとわれを忘れて夢を見る神秘的な瞬間がある。すると抜きはなった刀の下から、大きな、かがやかしい、王侯のごとく豪華な花が、シャボテンをつき破って一輪あらわれる。これは大きな恩恵であり、たやすくだれもがめぐり遇《あ》うことのできない貴重な出来事だ。わたしははっきり言う。母親の誇りといえども、花を咲かせたシャボテン栽培家の得意さにくらべれば、もののかずではない。

9月の園芸家

園芸家の立場からみれば、九月は九月で、また張合いのある、すばらしい月だ。アキノキリンソウと秋のアスターとシマカンギクが咲くからだけではない。おまえたちのためばかりではない。うっとりするほどあでやかな、重たいダリアよ。おまえたちは信じようとしない。では、知るがいい。九月は二度咲きするすべての植物にとってすばらしい月、二度目の花の月、成熟するブドウの月だ。こういった点がすべてこの九月という月の、ほかの月にくらべてさらにいっそう意味深長な、神秘的な、いいところなのだ。そればかりではない。九月は、われわれが植物を植えることができるように、大地がもういちど入口をあける月！　春までに根づくものは、いま土におろさなければならない。われわれ園芸家にとっては、また苗屋たちのあいだをかけまわって、彼らの圃場をのぞき、来年の春のためにだいじな秘蔵品を選ぶチャンスだ。

一流の園芸家とか栽培家とかいうものは、たいがいアルコールもタバコもやらない。一言でいうなら、品行方正の人たちだ。大きな犯罪をおかしたため歴史上有名になった者もいないかわりに、戦争や政治上の功績によって有名になった者もいない。園芸家の名を不滅にするものは新種のバラか、新種のダリアか、さもなければ新種のリンゴだ。この名声――ふつうは無名であるか、さもなければほかの名前のかげに隠れるか、どっちかだが――園芸家にとっては、それだけで十分なのだ。

どういう自然のいたずらかしらないが、園芸家はたいがいでっぷりした大男だ。おそらく花のやわらかな、よわよわしい優しさをひときわひき立たせるためか、でなければ自然が園芸家のゆたかな父性愛を証明するために、肥沃《ひよく》な土地を象徴するギリシアの女神チベレの姿にかたどって、彼をつくったのかもしれない。こういう園芸家が指で植木鉢のなかをつつきまわすのは、じっさい、あずかり子に乳房をあたえるようなものだ。園芸家は造園家を軽蔑する。（もっとも、造園家のほうではまた、園芸家などは野菜作りだと思っているのだが。）このことは、ぜひ諸君に知っていただきたい。園芸家は、植物をいじることを商売だとは思っていない。一つのサイエンスであり、かつ芸術だと思っている。園芸家が同業者から、あいつはりっぱな商売人だと言

われたら、その園芸家はそれこそペシャンコだ。

花の栽培家のところへ来る客は、カラーや金物を売る店に来る客とちがって、ほしい物を名ざして、金をはらって帰っていくのではない。栽培家のところへ来る客は、雑談をしに来るのだ。この花の名は何というのか、あの花の名は何というのか、それをききに来るのだ。去年きみのとこで買ったミヤマカラクサナズナが大きくなったよ、と知らせに来るのだ。ハマベンケイソウが今年やられちゃったよ、と訴えに来るのだ。そして、何か新しいものがあったら見せてくれろ、と頼みに来るのだ。ルードルフ・ゲーテとエンマ・ベダウと（つまり、この二種類のアスターのうちの）どっちがいいか、議論をしにやって来るのだ。そして、ゲンティアーナ・クルシーは、粘土質の土とピートとどっちが育ちがいいか、議論をしにやって来るのだ。

いろいろとそんな話をしたあとで、客は新しいアリッサムを一鉢（しかし弱ったなあ、いったいどこに植えたもんだろう？）と、デルフィニウムを一株（うちにあるやつはウドンコ病ですっかりだめになってしまった）と、それから鉢を一つ選び出す。しかし、いったいその鉢に植わっているものが何であるかという問題で、客と栽培家は意見が一致しない。こうして二、三時間、有益な、だいじな会話で時間をついやしたあげく、客は商売人でない男に一マーク（約八六円）か二マークの金をはらう。それっきりだ。それでいてそういう栽培家は、ガソリンの匂いをプンプンさせて自動車をのりつけ、いちばん高級の、第一級品という花だけ六〇種類選んでくれたまえと注文する客より、まだしもきみのようなうるさ型のほうを歓迎するのだ。

栽培家はみんな、うちの畑はわるくって、と言う。肥料もやらなきゃ、水もやらなきゃ、防寒もしない、と言う。聞いていると、まるで、わたしんとこの花は、わたしに惚れているんです、それだもんで、こんなに育ちがいいんですよ、と言っているみたいだ。

まんざらでたらめとも言えない。園芸をやるには、器用であることが必要だ。さもなければ一種とくべつな美徳をもっていなければいけない。真の園芸家は、ある植物を育てようと思ったら、一枚の葉のほんの一部分を土にさしこむだけでいい。ところがわれわれ素

人は苦心惨憺《さんたん》して実生を育て、夜露にあて、息を吐きかけ、角粉《かくふん》か粉ミルクをあたえるのだが、それでもしまいには干からびて、黄いろくなってしまう。狩猟や医学と同じく、これには何かの不思議な力がはたらいているのだと思う。

新種をつくることは、園芸マニアがだれしも胸にいだくひそかな夢だ。ああ、黄いろいワスレナグサを咲かせることができたらおもしろいんだがなあ。でなきゃワスレナグサみたいな色のポピーか、でなきゃ白いリンドウか——。青いほうがきれいだって？　どっちだっていいさ。しかし、白いリンドウなんてのはまだないからなあ。それに、ご承知のとおり、花に関するかぎり、わたしたちはみんな、いささか度量のせまい愛国主義者だ。もしチェコのバラが全世界バラ・コンクールで、たとえばアメリカのインディペンダンス・デイやフランスのエリオを破ったとしたら、わたしたちはうれしさで胸がおどり、得意になって、どんなもんだ、という顔をするにちがいない。

＊

わたしは率直にすすめる。もし諸君の庭にひたいほどの斜面でも、テラスでもあっ

たら、ロック・ガーデンをつくりたまえ。第一、そういう小さなロック・ガーデンがユキノシタとか、ハタザオとか、アリッサムなどのかわいらしい山草の小さなクッションでいちめんにおおわれたときは、じつにきれいだ。

つぎに、そういうロック・ガーデンをこしらえること自体が、じつにすばらしい、興味のある仕事だ。ロック・ガーデンをこしらえていると、その人間は、まるで自分が、自然の力で岩を重ね、丘や谷をつくり、山を移し、断崖絶壁をきずいているギリシア神話のなかのシクロップになったような気がしてくる。そのうち腰がフラフラになって、やっと仕事が完成すると、最初頭のなかに描いていたローマンチックな山脈とは、どう見てもすこしちがった、ただのひと山の石くずにすぎないことを発見する。しかし、気にすることはすこしもない。一年たたないうちにそれらの石が、いちめんにきれいなみどりのクッションでおおわれ、そのなかに小さな花がキラキラかがやく、世にも美しい花壇にかわる。そのときのうれしさは何とも言えない。わたしはすすめる。ぜひロック・ガーデンをつくりたまえ。

＊

　もう、なんと言ってもいなめない。秋だ。秋のアスターと、キクが咲いているのを見ればわかる――。秋の花はおどろくほど精力的で、変化に富んでいる。たいしてもったいぶりもせず、どの花を見ても同じようだ。そのかわり、その数の多いこと！　じっさい、円熟した秋の花は、幼い春の、そわそわした一時的の衝動にくらべると、咲き方がはるかに力強くて、情熱的だ！　そこにはおとなの良識と堅実さがある――。どうせ咲くなら徹底的に、そして蜂が来るように、蜜をたくさん！　このらんまんと咲き競う秋の花の豊かさにくらべたら、散りしくる木の葉がなんだろう？　いったい、きみたちは知らないのか、この世に疲れはないのだということを？

土

　わたしの亡くなった母は、若いころ、カードで独り占いをするとき、いつもカードをひとかたまり積み重ねては、小さな声でささやいたものだった。

「ワタシハ　ナニヲ　フンデルカ？」

そのころは、自分のふんでいるものが、どうしてそんなに母にとって興味があるのか、わからなかった。それがわたしの興味をひきだしたのは、それからずっと時がたってからだった。わたしは土をふんでいることを発見したからだ。

じっさい、だれだって、自分がふんでいるものなんか気にかけない。夢中でどこかへかけだしていって、せいぜい頭の上に浮かんでいるきれいな雲か、むこうに見えるきれいな地平線か、きれいな青い山をながめるぐらいなものだ。自分の足の下をながめて、こりゃあいい土だと言って褒める者なんか、けっしていない。手のひらほどの大きさでも、庭をもっていたら、きみのふんでいるものがどんなものか認識するために、すくなくとも花壇をつくるべきだ。そうすれば、どんな雲だって、きみが足の下にふんでいる土ほど、変化に富んだうつくしいものでないことがわかるだろう。酸性の土と、粘土と、ローム質壌土と、冷たい土と、礫土《れきど》と、劣等な土を見わけることができるようになるだろう。クッキーズのように多孔質で、パンのようにあたたかで、軽い、上等の土のありがたさがわかるようになるだろう。そして、女や雲をきれいだと言うように、そういう土を「こいつはすばらしい」と言うようになるだろう。きみのステッキが、ふわふわした柔らかい土にズブッと二五センチぐらいはいったときや、土のかたまりを手ににぎって、空気をふくんだ、しっとりしたあたたかさを感じたときには、一種とくべつの感覚的なよろこびを感ずるだろう。

このすばらしさがわからなかったら、きみは運命から、その罰として数平方メートルの粘土をさずかるがいい。冷たさがじくじくにじみ出る、セメントのように重い、まじりっけのない自然のままの粘土、鍬を入れるとチューイングガムのようにへこみ、日がさすと焼けてかちかちに固まり、日があたらないと酸性になる、意地のわるい、強情な、ねばねばの、陶器の原料につかう重粘土。蛇のようにぬらぬらで、煉瓦のようにからからで、トタンのように水も空気も透《とお》さない、鉛のように重い土。いまこれをツルハシでひき裂き、シャベルで切りきざみ、金槌でくだいてひっくり返し、「なにくそっ」とわめいて、うんうんうなりながら耕す。

そのときさみは、生きた土になるまいとして抵抗する、生命のない不毛の土の敵意と頑迷さが、どんなものかわかるだろう。そして、人間であろうと植物であろうと、生命が地球の土に根をおろすためには、どんなにおそろしい戦いを辛抱づよくしてこなければならなかったか、ありありと目に浮かぶだろう。

そうすれば、きみが土から受けとるよりも、もっと多く土に与えなければならんのだ、ということもわかるだろう。きみは土がぼろぼろになるように、満腹するほどたっぷり石灰をやり、あたたかくなるように堆肥をすきこみ、軽くなるように灰をまぜ、空気と日光をしみこませてやらなければならない。そうすると、焼けてカチカチになった粘土が、かすかに呼吸をして空気でも吸いこんだようにポロポロくずれはじめ、びっくりするほどすなおにサラサラとシャベルからこぼれ落ち、手で握るとあたたかく、フカフカした感じになる。これで、土が馴らされたのだ。まったく、数メートルの土を馴らすということはどえらい勝利なのだ。

湿り気があって、フカフカで、いつでも耕すことができる。そういう土が、いまここにあるとする。きみは、自分の勝利を確かめるために、その土を手でつかみ、指でボロボロにくずして、こねたくなる。そして、そこに植えようと思っていた花のことなんか、もうぜんぜん、きみは考えない。この黒ぐろとした、空気をふくんだ土のうつくしい眺めだけでたくさんではないか？　パンジーやニンジンの植わっている花壇なんかよりも、よっぽどこのほうがすばらしいではないか？　栽培土という、人間のつくったこんな貴重なものを占領する植物に、むしろきみは嫉妬を感ずるだろう。

このときからきみは、自分のふんでいるものを意識しずに、土の上を歩くことができなくなるだろう。そしてほかの者が星や、人間や、スミレをながめるように、きみは、どこかに土が盛ってあったり畑があったりすると、いちいち手とステッキでそれをしらべてみるだろう。そして、黒い土を見るとワアッと感激し、フカフカした森の腐葉土を惚れぼれと指でもみ、目のつまった芝草土と、軽い粘土を手にのせて、重さをはかるだろう。それからきみは言うだろう。（この土を半車ぶんほしいなあ。やあ、この腐葉土も一車ぶんあるといいなあ。その上にあそこの腐植土をのっけて、牛糞のホットケーキを二つ三つほうりこみ、川砂をパラパラッとふりかけ、それからこの切り株の腐ったやつを手押し車に山盛り一杯と、あそこの小川の底の泥を少しと、それから道ばたに掃きよせてあるこのごみだって、まんざら捨てたもんでもないよねえ、そうだろう？　それからまだ、それに燐酸をすこしまぜるんだ。しかし、このすばらしい畑の作り土も気にいったなあ、ちくしょう、なんというい土なんだろう！）

ベーコンのようにこってりしていて、羽のように軽くて、ショートケーキのようにボロボロくずれやすい土がある。色のうすいのもあれば、黒っぽいのもあり、乾いたのもあれば、しっとりしたのもある。みんなそれぞれちがった、一種どくとくの、品格のある美しさをもっている。それに反し、ねっとりした土、かたまった土、じくじくした、粘りっけの強い、冷たい不毛の土は、すべて役に立たない醜い土、済度《さいど》しがたい物質を呪わせようとして、天が人類にさずけたものだ。人間の心の冷酷さや、頑迷さや、陰険さと同じように、そういう土はみんな醜い。

10月の園芸家

世間では十月だという。そして自然が冬眠をはじめる月だと考えている。しかし園芸家のほうがよく知っている。園芸家は諸君に言うだろう。十月は四月と同じぐらい楽しい月だ、と。このことは、ぜひ知っていてもらわないと困る。十月ははじめて訪れる春の月、地下の芽がうごきだし、ふくらんだ芽がひそかにのびはじめる月だ。ほんのすこし土をひっかくと、親指のように太い、しっかりした芽や、やわらかな芽や、いっしょうけんめい働いている根を発見するだろう。——なんといったって、いなめない。春だ！　園芸家はよろしく庭に出るべし。そして植えるべし！（ただし、芽を吹きかけているスイセンの球根を、シャベルでコマギレにしないように注意が肝要。）

だからすべての月のうちでも十月は、とくに植えつけと植え替えの月だ。

春になるとさっそく園芸家は、とがった芽があっちこっちから頭をのぞかせている

花壇を見おろして、考えながら言う、
「ここにすこし禿げができていて淋しい。何かでおぎなってやらなきゃなるまい」
二、三ヵ月たつと園芸家は、いつのまにか二メートルぐらいにのびたデルフィニウムの茎と、サルビアのジャングルと、カンパニュラの林のおっ立っている、同じ花壇の前に立って、考えながら言う。
「こりゃあ、すこし茂りすぎた。すこしすきまをこしらえて、風とおしをよくしてやらなきゃなるまい」

十月になると園芸家は、あっちこっちに枯れた葉や、葉のない茎がつき出ている、同じ花壇の前にかがみこんで、考えながら言う。

「ここにすこし禿げができていて淋しい。何かでおぎなってやらなきゃなるまい。たとえばフロックスを六本、でなきゃ、すこし背の高いアスターを二、三本」

それから歩いていって、フロックスかアスターを植える。園芸家の生活は変化と、活気のある創造的な計画でいっぱいだ。

十月になると園芸家はひそかに満足して、小声で独りごとを言いながら、庭のあっちこっちに禿げちょろけになったあき地を見つける。

「いかん！　ここは何かが枯れたらしい。この禿げたところに何か植えよう。アキノキリンソウか、それともサラシナショウマか。こいつはまだうちの庭には植えたことがない。そりゃ、いちばんふさわしいのはアスチルベにきまってるけど、しかし、秋にはジョチュウギクもここにほしいなあ。しかし、春のためにはドロニクムもわるくないぞ。まてよ、ヤグルマハッカを一本植えよう。――サンセットか、でなきゃケンブリッジ・スカーレットを。それはそうと、ここへヘメロカリスを植えても見ばえがするだろう」

そのあとで園芸家はしきりと考えこみながら、家のほうへ歩いていく。しかし

途中でふと思い出す。

「コレオプシスはむろんだけど、モリナ[22]もいいなあ。ムラサキナズナだって、まんざらすてたもんじゃない」

それから大急ぎで、ある種苗店にアキノキリンソウと、サラシナショウマと、アスチルベと、ジョチュウギクと、ドロニクムと、ヤグルマハッカと、ヘメロカリスと、モリナと、コレオプシスと、ムラサキナズナを注文して、そのうえになおアンクーサ・オフィキナリスとサルビアを追加する。しかしなかなか苗が来ないので四、五日いらいらしている。やっと郵便配達夫がいっぱいにふくらんだ籠をもって来ると、大急ぎでシャベルをもって、禿げになった場所へかけつける。まずシャベルでひと突きして、ザクッと土を起こすと、一かたまりの根が明かるみにあらわれる。その上のほうに芽がいっぱい、小さな束になって、押しあうようについている。

「や、しまった！」

園芸家はおもわずうめき声をあげる。

「ここにはキンバイソウが植えてあったんだっけ！」

＊

ところで世間には、双子葉植物の六八の属と、単子葉植物の一五の属と、裸子植物の二つの属にはいる植物を全部、庭に植えたいというマニアがいる。隠花植物となると、すくなくともシダ類を全部あつめたくなる。ヒカゲノカズラ属だのコケ類だのになると手におえないからだ。

ところがその反対に、たった一つのスペシース〔種《しゅ》〕に生涯をささげるという、これにもう一つ輪をかけたマニアがいる。その連中とくると、いままでに培養されたことのある、あらゆる名称つきの変種がほしくなり、それを全部手に入れないことには居ても立ってもいられない。たとえば球根党はチューリップ、ヒアシンス、ユリ、ユキゲユリ、スイセン、シナスイセンその他の、「球根のすばらしさ」に身をささげる。その反対に、プリムラやプリムラ・オーリキュラの愛培家は、もっぱらプリムラに忠誠を誓う。また一方、アネモネの愛培家はアネモネの目《もく》に献身する。さらにまたアイリス党は雑種を勘定に入れないまでも、アポゴン、ポゴニリス、レゲリア、オノキクルス、ユーノ、クシフィウムのグループに属するものが全部手に入らないと、煩悶のあまりもだえ死にするにちがいない。デルフィニウムを栽培するデルフィニストたちがいるかと思うと、またマダム・ドゥルシュキー、マダム・エリオ、マダム・カロリン・テストゥ、ムシュ・ヴィルヘルム・コルデス、ムシュ・ペルネその他の、霊魂があの世でバラに生まれかわる人物としか交際をしないバラマニア、別名ロザリアンがいる。八月にフロックスが咲くと大声でキク党をひやかすが、十月にシマカンギクが咲くと、こんどは逆にキク党からひやかされる狂信的なフロックス党がいる。この世のどんな悦楽よりも、遅咲きのアスターをよろこぶメランコリックなアスター党がいる。

しかし、あらゆるマニアのうちでいちばん気ちがいじみているのは（シャボテンマニアをのぞくと）、アメリカの新しいダリアに一〇マークという、眼のとび出るような金を払うダリア党、別名ゲオルギアンだ。ここにあげたうちで球根党だけが、歴史的な伝統と、聖ヨゼフという保護の聖人をもっている。ご承知のとおり、聖ヨゼフは白いマドンナ・リリーを手に持っている。（もっとも今日だったら、マドンナ・リリーよりもっと白いチベットササユリを手に入れることができただろうが。）ところがフロックスやダリアをもった聖人はいない。だから、これらの花の栽培に没頭する仲間は宗門の信徒なのであって、この仲間は彼ら自身の教会を建てることもめずらしくない。

そういう信徒たちのあこがれが、それ自身の「聖人伝」をもっていけない理由がどうしてあろう？　たとえば聖ゲオルギヌス・オヴ・ダリア[23]の生涯を想像してみたまえ。

ゲオルギヌスは長いお祈りをしたあとで、みごとに最初のダリアの培養に成功した、徳の高い、信心ぶかい園芸家であった。異教徒のフロックシニアン王は、その噂を聞くと烈火のごとく怒り、役人を送って、信心ぶかいゲオルギヌスを逮

捕させた。

「やい、この野菜作りめ！」

と、フロックシニアン王はどなりつけた。

「このしおれたフロックスの前にひれ伏せ！」

「それはいたしません」

　ゲオルギヌスはきっぱりと答えた。

「なぜかと申しますと、ダリアはダリアでございます。フロックスは、どこまでも、ただのフロックスにすぎません」

「こやつを一寸きざみに刻んでしまえ！」

と、残忍なフロックシニアンはうなった。

　そこで役人たちは聖ゲオルギヌス・オヴ・ダリアを一寸刻みにして、その庭を荒れほうだいに荒れさせ、その上に硫酸鉄と硫黄をふりまいた。ところが聖ゲオルギヌス・オヴ・ダリアのこま切れにされたからだが、将来の、ありとあらゆる種類のダリアの球根になったのだった。すなわちピオニー咲き、アネモネ咲き、一重咲き、カクタス咲き、スター咲き、ポンポン咲き、ミニオン咲き、トムサム咲き、ロセット咲き、

コラレット咲き、その他のハイブリッド〔雑種〕がそれである。

　こんなふうに、秋はきわめて実りの多い月だ。これにくらべると春は、いささか培養条件がむずかしい。秋はとかく仕事のスケールが大きくなりがちだ。春のニオイスミレが三メートルまでぐんぐん伸びるのを見た者が、一人でもいるだろうか？　でなければ、チューリップがどんどん育って木よりも高くなったのを？　そらみたまえ！

　それに反して、春植えた遅咲きのアスターは、どうかすると十月までに、高さ二メートルの原始林になることがある。そうなると、いったん迷いこんだら出られなくなりそうで、うっかり中にもはいれない。また、四月に植えたオオハンゴンソウの根は、いまでは黄金いろの花が、皮肉にも頭の上からきみに「こんにちは」と会釈している。いくら背のびをしても、きみには手がとどかない。園芸家はいつなんどき物指しが狂うかわからない。

　だからだれでも、秋になると、植物を植え替えるのだ。毎年、園芸家は、牝ネコが子ネコをはこぶように、宿根草をかかえてあっちこっち歩きまわる。毎年、園芸家は、ひと息ついて、言う。

「さあ、みんな植えたぞ。これでいい」

つぎの年になると、またほっとしてため息をつく。庭は完成することがないのだ。その意味で、庭は人間の社会や、人間の計画するいろんな事業とよく似ている。

秋のうつくしさについて

書こうと思えば、わたしは秋の豪奢《ごうしゃ》な色について、物凄い霧について、故人の霊魂について、空模様について、最後のアスターと、いまだに花をひらこうとしている赤いバラについて、あるいはまた、たそがれどきの灯《あかり》、墓地にただようローソクの匂い、落ち葉だとか、その他の情緒ゆたかなことがらについて書くこともできよう。だが、わたしはむしろ、それとは別の、チェコの秋のうつくしさについて、証しを立て、讃美をしたい。ほかでもない、サトウダイコンだ。

サトウダイコンほど大量に収穫されるものはない。穀物は穀倉に、ジャガイモは地下室にはこばれる。ところがサトウダイコンは、車ではこばれて山に盛られる。山はしだいにうず高くなって、田舎の各駅のそばにサトウダイコンの山脈ができる。白いサトウダイコンを積んだ馬車が、いつ果てるともしれぬ長い列をつくってぞろぞろ通りすぎる。シャベルをもった男たちが朝から晩まで、ますます山を高く盛りあげ、きれいな幾何学的なピラミッドをこしらえる。ほかの農産物はあらゆる方向にむかって、せまい道を屋内にはこばれていく。サトウダイコンだけが一本の大きな河になり、なだれをうって流れていく。もよりの鉄道線路、またはもよりの製糖工場にむかって。それは卸売《おろしう》り的の大量収穫であり、大集団行進だ。まるで観兵式のようだ。移動のために集まってくるいくつかの旅団、師団、軍団。だから、サトウダイコンも軍隊式に整然と積み上げる。

幾何学、それは集団のうつくしさだ。サトウダイコンの農夫たちは、サトウダイコンの山を四角形の記念建造物のようにきずく。ほとんど建築的と言っていいほどだ。ジャガイモの山は建築物ではない。しかし、サトウダイコンの山は、もはや山ではない。建築物だ。

都会人はサトウダイコンの産地に、とくべつ大した魅力を感じない。ところが、いま、秋になると、この地方が堂々たる一種の威厳をもちはじめる。整然と盛り上げられたサトウダイコンの、そういうピラミッドはじつに印象的だ。それは稔《みの》り豊かな大地の記念碑だ。

　しかし、秋のうつくしさのなかでいちばんみすぼらしいものを、讃《たた》えさせてもらいたい。諸君が畑をもたないことも、サトウダイコンを車ではこんで、山のように積み上げたりしないことも、知っている。しかし諸君は、庭に厩肥[24]をやったことがあるだろうか？　厩肥を積んだ車が一台来て、ゆげの立っているやつを庭にぶちあけると、諸君はそのまわりをひと廻りして、目と鼻で重さをはかり、

「こいつはありがたい。すばらしい厩肥だ」

と、満足そうに言う。

「すばらしい」

と、諸君は言う。

　そのあとで、

「しかし、ちょっと軽いな」

「ぜんぜんワラばかりだ」

　不満そうに諸君はつぶやく。

「牛糞が少なすぎる」

「こんな上等の、フカフカの厩肥のまわりを、そんなに遠くから鼻をつまんで避けて

歩くようなやつは、さっさと向うへ行っちゃえ、行っちゃえ。上等の厩肥がどんなものだか、きみたちにはわからないんだ」

やがて、花壇がもらうべきものをもらってしまうと、人間は土に対して何かよいことをしてやったような気持になる。

＊

すっかり葉の落ちてしまった木は、それほどわびしい姿ではない。見たところ、ちょっと箒のようだ。さもなければ、小枝をたばねてつくった鞭か、家を建てるときの足場のようだ。ところが、そういう裸の木に、散りのこった葉が一枚風にふるえていると、さながら戦地にひるがえる歴戦の旗——攻め落とされた、屍《しかばね》のるいるいたる戦場で、戦死者の手にしっかり握られている一本の旗のようだ。わたしたちは、軍門にくだることをいさぎよしとせず、戦死したのだ。わたしたちの旗は、まだ翩翻《へんぽん》と風にひるがえっている。

まだキクは降参しない。きゃしゃで、ほんのりして、まるで白とピンクの泡でできているような感じだ。舞踊服をつけた少女のように寒がっている。日照がもうわずかになったからかい？　うっとうしい霧が息苦しくなったからかい？　みぞれまじりの冷たい雨が、しのび足で通りすぎていくからかい？　気にするんじゃない！　おまえは咲いていればいいのだ。落ち目になって弱音をはくのは、人間だけだ。キクはへこたれない。

＊

神々にも季節がある。夏のあいだは汎神論者《はんしんろんじゃ》になって、自分を自然の一部分だと考えるのもよかろう。しかし秋になると、だれだって自分を人間としか考えられなくなる。たとえひたいに十字を切らないでも、わたしたちはみんな徐々に、人間の素地《きじ》にかえるのだ。どこのうちのかまどの火も、かまどの神〔ローマ神話につたわる一家の守護神ラレスとペナテス〕を記念して燃えている。わが家を愛することは、天にちらばるどれかの星の神をおがむのとおなじ、一つの儀式だ。

11月の園芸家

りっぱな職業がたくさんあることは知っている。たとえば新聞のために原稿を書いたり、議会で投票したり、重役会に列席したり、官庁の書類にサインをしたりすることは、みんなりっぱで、称讃する価値があるが、しかし彼らが仕事をするときのかっこうは、けっして「シャベルを持てる男」のようにどっしりしていないし、立体的でもないし、彫刻的でもない。

きみが片足をシャベルにかけ、ひたいの汗をふきながら「やあ、疲れた」と言って花壇に立っているところを見ると、まるでなにかの寓意をもった立像のようだ。そっと根ごと掘り上げて台座の上にのせ、「労働の勝利」とか「大地の主《あるじ》」とかいったような銘を彫りこむだけで、あとは何にもいらない。わたしがこんなことを言うのは、ちょうどいまがその時期だからだ。つまり、掘る時期なのだ。

HOMO
HORT. EDULIS

じっさい、そうだ。十一月には土を掘りかえして、やわらかく砕かなければいけない。シャベルにいっぱい土をしゃくうと、山盛りいっぱい料理のはいっている大さじを手に持ったときと同じような、おいしそうな感じがおこるようでなければいけない。

いい土は、上等の料理と同じで、濃厚過ぎても、重過ぎてもいけない。冷た過ぎても、びしゃびしゃし過ぎてもいけない。また乾き過ぎてもいけないし、粘りがつよ過ぎてもいけない。固過ぎても、ボロボロし過ぎても、生ま過ぎてもいけない。パンのようでなければいけない。蜂蜜入りのクッキーズのようでなければ、ケーキのようでなければ、また、酵母入りの団子のようでなければいけない。ボロボロにくずれるようでなければいけない。かたまりになって割れるようではいけない。シャベルを突っこむとザクッというようでなければいけない。ピチャッというようではいけない。層になったり、かたまりになったりしてはいけない。またベットリした、やわらかい団子になったり、プディングになったりしてもいけない。シャベルに山盛りにしゃくって、ひっくり返したときには、さも「いい気持」といったようなため息をして、ふんわりと、ざらめのように崩れ落ちるようでなければいけない。表土の深い、しっとりした、排水と通気のよい、やわらかい、おいしい、こなれた、りっぱな土——。要するに、そういうのが、よい土なのだ。人間にもよい人間があるように、土にもよい土がある。ご承知のように、涙の谷と言われるこの味気ない人生に、これ以上うつくしいものはない。

園芸人よ、まあ聞きたまえ。秋といえば、まだ移植のできる季節だ。まず最初に、ブッシュなり木なりのまわりをできるだけ鍬で深く掘ってから、シャベルを入れて根をもちあげる。すると、たいがいシャベルが二つに折れる。

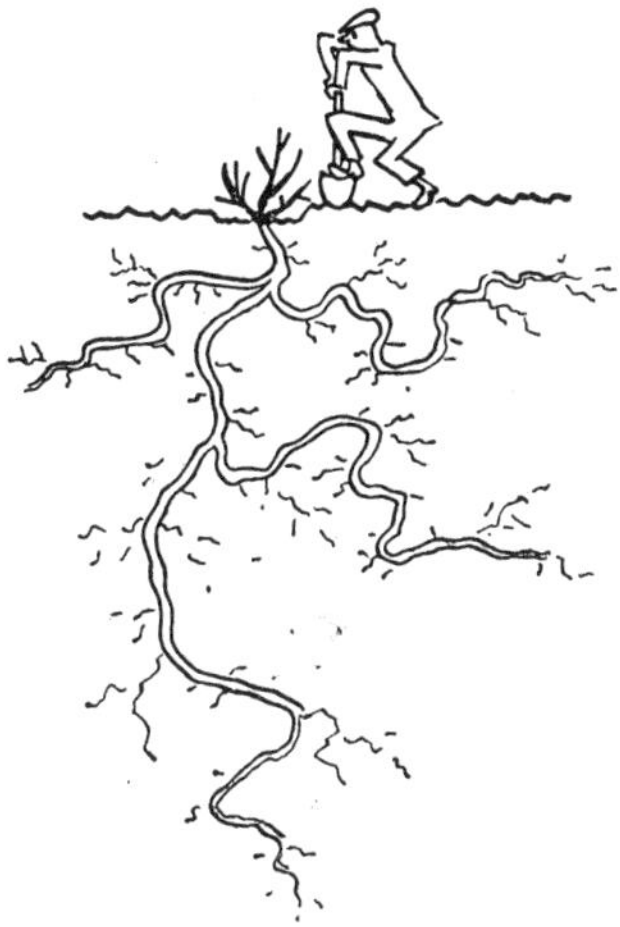

何かと言うとすぐに、根のことに話をもっていきたがる人たちがいる。おもに評論家と、聴衆の前で講演をする人たちに、それが多い。たとえば、われわれは根源にさかのぼらなければいけないとか、禍根を残してはならないとか、物事の根本をきわめなければいけないとか言う。

ところで、そういう先生方に、たとえば三年生のマルメロを一株、根こそぎ掘り上げて見せてもらいたい。おそらく、先生方はしばらく掘ってみて、そのあとで腰をのばしながら言うだろう。ただひとこと「ちくしょう！」と。かならずだ。ちがっていたら首を差し上げてもいい。

わたしはマルメロで実験をしてみて、根を掘るということが生まやさしい仕事でないこと、したがって根というものは、すべからく植わっている場所に、そのままそっとしておくべきものだということを、はっきり確かめた。なぜそんなに深くはいりたがるかということは、根のほうでちゃんと承知している。わたしは言いたいくらいだ。わたしたち人間の優しい心づかいなど、彼らはよろこんで断念しているのだ、と。

＊

土壌の改良といえば、寒い日にワラを一車はこんできて、犠牲の薪《まき》を祭壇で燃やすように、煙を立ちのぼらせるのがいちばん効果的だ。そうすると、その煙が天に昇って、全智全能の神さまが鼻をクンクンさせて言う。おお、これはみごとな肥《こえ》じゃ！

生命の神秘な循環について語るには、たしかにいい機会だ。一匹の馬が燕麦《えんばく》を腹いっぱい食べて、カーネーションかバラにそれを引き渡す。するとカーネーションかバ

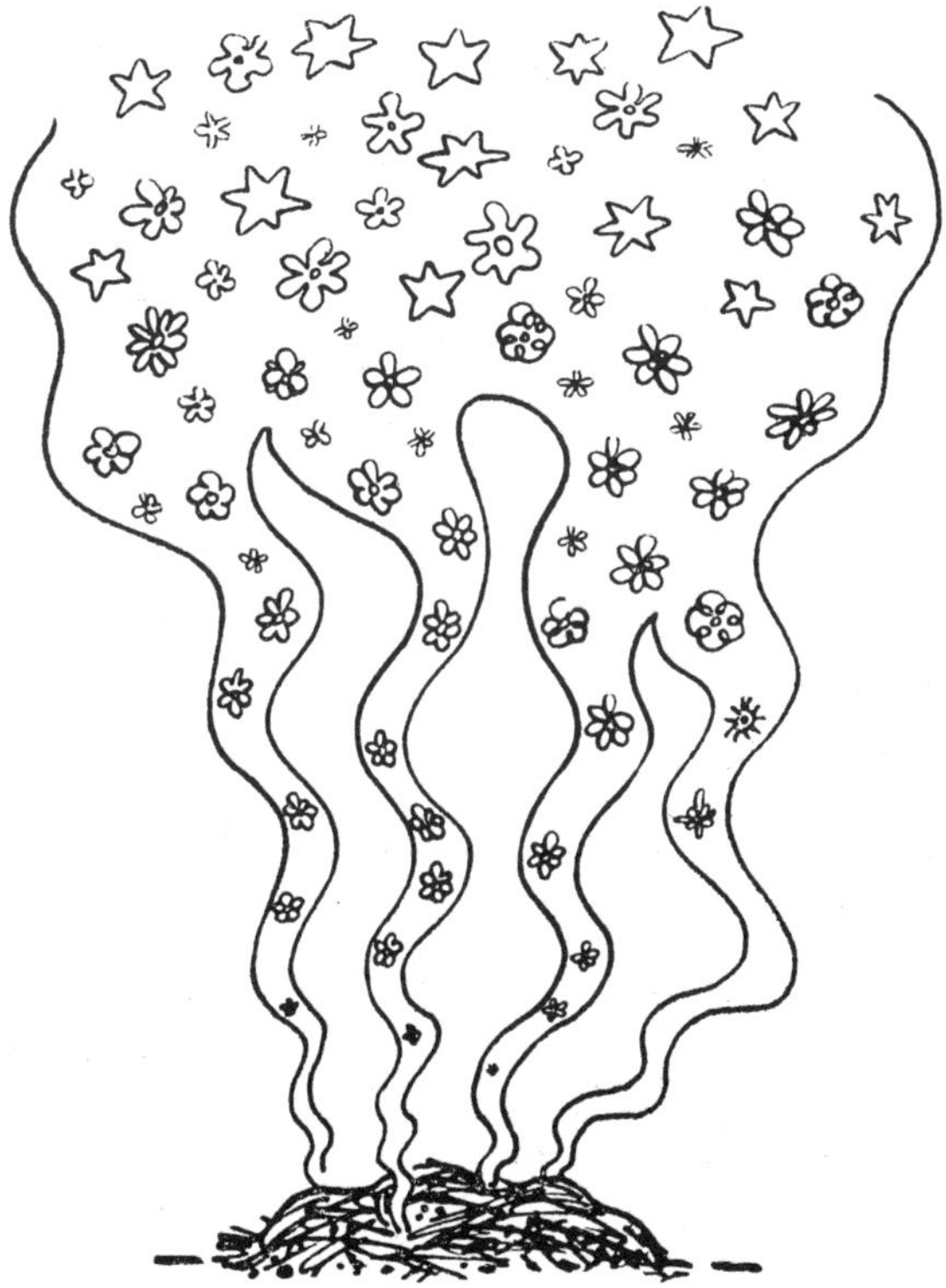

ラは、そのかわりに、翌年、なんとも言えない芳香をはなって、神さまを讃美する。ところで園芸家は煙の立ちのぼるワラの山を見ただけで、すでにそのすばらしいかおりがわかるのだ。園芸家は満足そうにそのまわりをクンクン嗅ぎまわって、まるで子供のパンにジャムをぬってやるように、その神さまの贈り物を庭いちめんにていねいにばらまく。さあ、これはおまえのだよ、ライラック、おいしくおあがり！　マダム・エリオ、きみにはひと山そっくり献上するよ。きみはすばらしいブロンズいろに咲いてくれたからね。カミツレ、おまえにはこのお菓子をあげるから、機嫌よく遊んでおくれ。それから、やきもち焼きのフロックス、おまえには茶いろのワラをまいてやるよ。

おいおい、人間たち、どうしてきみたちは鼻にしわを寄せるのだ？　ぼくの匂いが、これでもまだ不十分だとでもいうのか？

＊

あともうわずかのあいだだ。それからわたしたちは、わたしたちの庭に最後のサービスをする。あと一、二回秋の霜にあわせてから、庭にみどりのそだをしいて寝かせる。バラのスタンダードを伏せ、首のまわりを土でつつんで、その上にかおりの高いトウヒ〔唐檜〕の小枝を積み重ねる。それから「おやすみ！」だ。

ふつうは、まだ、ほかのいろんなものの上にも、このそだをかぶせる。たとえばポケットナイフの上だとか、パイプの上だとか。春になってそだをのけたとき、またみんなと再会を祝うのだ。

しかし、まだ、いまは早すぎる。まだ花は終わらない。まだウラギクがスミレいろの目でわたしたちに瞬《まばた》きしている。十一月も彼らの春だというしるしに、プリムラ・オフィキナリスとスミレが、まだもういちど咲く。それにインドギクという名前をもったシマカンギク（もっとも、これはインドではなくって、中国が故郷だからこの名前をもらったのだ）が、天候にも外交関係にもさまたげられることなく、キツネいろ、白、黄金、ザクロいろのやさしい花をいっぱいつける。バラもこれからまだ最後の花を咲かせる。花のなかの女王よ、六ヵ月もおまえは咲きつづけた。しかし、女王である以上、もちろんそれはおまえの義務なのだ。

それから——。まだ葉が咲いている。秋の葉が。黄いろに、紫に、キツネいろに、オレンジに、緋赤《ひあか》に、暗褐色に。赤、オレンジ、黒、青に色づいた実と、はだかの枝の黄いろい、赤味がかった、ブロンドの幹。まだ、わたしたちは終わったのではない。たとえそれらが、みんな雪の下に埋まっても、まだそこには燃えるような赤い実をつけた、濃緑色のヒイラギと、くろずんだマツと、イトスギと、イチイがある。終わりははけっしてないのだ。

よく聞きたまえ。死などというものは、けっして存在しないのだ。眠りさえも存在しないのだ。わたしたちはただ、一つの季節から他の季節に育つだけだ。わたしたちは人生をあせってはならないのだ。人生は永遠なのだから。

しかしこの世に、きみたち自身の土でできた花壇をもたない諸君も、この秋の季節には、自然にむかって腰をかがめることはできる。諸君はヒアシンスやチューリップの球根を鉢に植えればいいのだ。そうすればその球根は、冬のあいだに凍えて死ぬか、花が咲くか、どっちかするだろう。

これをやるには——。まず、適当な球根をいくつか買ってくる。それから、もよりの苗屋で上等の培養土を一袋手に入れる。つぎに、地下室と天井裏の物置から植木鉢の古いのを全部さがしだして、一つの鉢に一つずつ球根を植えこむ。しまいに、球根がいくつか残ったが、鉢がなくなったことに気がつく。

そこで鉢を買ってくる。ところが、こんどは球根はなくなったが、鉢と培養土が余ってしまったことに気がつく。そこで、またいくつか球根を買ってくる。ところがこんどは培養土が足りなくなって、もう一袋土を買ってくる。すると、こんどはまた土が余る。むろん、捨てるのはもったいないから、また鉢をいくつかと、球根をいくつか買いたす。

こんなふうにして続けていくうちに、とうとう、同居人から苦情が出る。そこで、こんどは窓のふちから、テーブルの上から、戸棚の上、食料品室、地下室、天井裏まで、いっぱいに植木鉢をならべ、たのしさに胸をふくらませながら、しずかに、来たるべき冬を待つ。

準　備

隠したところでどうなろう。しるしはすでにあらわれている。大地はいわゆる冬眠にはいったのだ。わたしのシラカンバからは、葉がつぎつぎに、うつくしい、かなしい線を描いて、ひらひらと地上に舞いおちる。花をすませたものは土にかえっていく。

あんなにふさふさと元気よくおい茂っていたものが、全部、はだかの箒か、じくじくした太い短い茎を一本、でなければ、ちぢんでくしゃくしゃになった葉か、干からびた葉柄をのこしているだけだ。土そのものにまで、すえたような腐敗臭がある。隠したところでどうなろう。ことしはこれでおしまいなのだ。

キクよ、「生命《いのち》のゆたけさ」などというお題目で、まことしやかに自分をいつわるのは、もう、およし。おい、白い花、キジムシロ、このどんづまりの太陽を、うららかな三月の太陽と思いちがいをしてはいけない。もう、なんと言ったって、どうにもならないんだよ、おまえたち。観兵式は終わったのだ。おとなしく横になって、冬眠をするんだ。

そうじゃない、そうじゃない！　なんてことを考えるんだ！　ばかなことを言ってはいけない！　どんな眠りだか知ってるかい？　毎年ぼくたちは、自然が冬眠をはじめる、と言う。しかしぼくたちはこの眠りを、まだいちども近寄って、そばで見たことはないのだ。もっと正確に言うと、まだいちども下から見たことはないんだ。まあ、ちょっと、いろんなものをさかさまにひっくりかえしてごらん。そうすれば、わかりやすくなる。中が見えるように、自然をさかさまにひっくりかえすのだ。つまり、根を上にむけるのだ。

おどろいた、これが冬眠だって？　これが休息だって？　むしろ、自然はひまがないので、いまは上へ育つのを見合わせているのだ、と言ったほうがいいだろう。自然はワイシャツの袖をまくり上げて、下にむかって育っているのだ。両手に唾をつけて、いっしょうけんめい土を掘っているのだ。ごらん、土の中のこの白い色をしたものを。これは新しい根だ。どこまでこれが伸びていくか、ごらん。ヨイショ、コラショ！　ヨイショ、コラショ！　ほら、このものすごい集団攻撃で、土がバリバリ割れる音がきこえないか！

「閣下、ご報告申しあげます。根の散兵線は敵の陣地ふかく侵入いたしました。フロックスの前衛は、はやくもカンパニュラの前衛と連絡いたしました」

「よろしい。それらの前衛を攻略地帯にもぐらせるがよい。目的は達成したぞ」

それから、ここにあるこの太いもの、この白い、やわらかいもの、これは新しい芽なんだ。まあ、ごらん、いくつあるか。こんなところにこっそりかくれて、なんとニヨキニョキおまえの殖《ふ》えたことは！　しなびて、カラカラになっていた宿根草が。その自信のありそうな顔つきはどうだ！　そのはちきれそうなおまえの生命力は！　これが冬眠だって？　葉だの花だのは悪魔にやっておしまい！　ここにこそ、この土の下にこそ、ほんとうの仕事があるんだ。

ほら、ここでも、ここでも、ここでも、新しい茎が芽を出している。ことしの秋のうちに、ここからあそこまで、三月の生命が前進するのだ。この土の下で、すばらしい春の番組が立案されるのだ。一分間の休憩さえ、まだしてやしない。ごらん、あそこにあるのは設計図だ。ここに土台が掘られて、下水の管がおかれている。冬の寒さで土が凍らないうちに、まだまだ、われわれは、もっともっと先まで掘らなければならない。春は、秋がお膳立てをした土台の上に、みどりの丸天井をきずくだけでいい。われわれ秋部隊は、もうそれで、われわれの義務を果たしたのだ。

＊

土の下のかたい、太い芽、球根の頭のてっぺんの瘤《こぶ》、ひとかたまりになって干からびている葉の下の奇妙なふくらみ、これは、このなかから春の花がパッと跳びだす爆弾だ。

春は芽をふく時だとわたしたちは言っている。ところが、じっさいは秋だ。なるほど、自然をながめていると、まさしく一年は秋で終わる。しかし、一年の始めは秋だと言ったほうが、むしろほんとうに近い。ふつう、だれでも、秋は葉が落ちる、と考える。それは、わたしも、じっさい否定することはできない。わたしの言っているのはただ、一歩掘りさげて考えた場合、秋は本来、葉の育つ時だというにすぎない。

冬になるから葉は枯れる。しかし、それと同時に、春がはじまるから葉は枯れるのだ。爆音とともにそのなかから春がおどり出る、かんしゃく玉のように小さな新しい芽が、はやくもつくられているからだ。木や灌木が秋に裸になるのは、視覚上のイリュージョンにすぎない。木も灌木も、翌春ひろげて伸ばすものを、枝という枝にぎっしりばらまいているからだ。花が秋に枯れるのは、視覚上のイリュージョンにすぎない。じっさいには花が生まれるのだから。

自然が休養をする、とわたしたちは言う。そのじつ、自然は死にもの狂いで突貫しているのだ。ただ、自然は、店をしめて鎧戸《よろいど》をおろしただけなのだ。しかし、そのなかでは、新たに仕入れた商品の荷をほどいて、抽斗《ひきだし》ははちきれそうにいっぱいになっている。これこそほんとうの春だ。いまのうちに支度をしておかないと、春になっても支度はできない。未来はわたしたちの前にあるのではなく、もうここにあるのだ。

未来は芽の姿で、わたしたちといっしょにいる。いま、わたしたちといっしょにいないものは、将来もいない。芽がわたしたちに見えないのは、土の下にあるからだ。未来がわたしたちに見えないのは、いっしょにいるからだ。

ときどきわたしたちは、水気のなくなった、いろんな過去の思い出につつまれて、すえた匂いをはなっているように思われることがある。わたしたちが現在とよぶ古い作り土のなかに、どんなにたくさんの太った白い芽がぐんぐん伸びているか、どんなにたくさんの種がこっそり芽を吹き、どんなにたくさんの古い挿木苗が、いつかはかがやかしい生命に燃え上がる一つの芽となって、生きているか、もしもわたしたちがそれを見ることができたとしたら、秘められた将来の繁栄をわたしたちのなかにながめることができたとしたら、おそらくわたしたちは言うだろう。——おれたちのさびしさや、おれたちのうたがいなんてものは、まったくナンセンスだ。いちばん肝心なのは生きた人間であるということ、つまり育つ人間であるということだ、と。

12月の園芸家

さて、もうこれでなにもかもおしまいだ。園芸家の仕事といえば、いままでは耕耘、天地がえし、施肥《せひ》、石灰散布、ピートと灰と煤《すす》のすきこみ、剪定、播種《はしゅ》、移植、根分け、球根の植えつけ、耐寒性の弱い球根の掘り上げ、スプレー、灌水、芝刈り、除草、防寒のために植物にそだをかぶせたり、根もとに土を盛り上げたりすることだった。――二月から十二月までのあいだに、これだけのことを全部やったのだ。そして庭が雪の下にしずんでしまったいまごろになって、急に園芸家は思い出す。たった一つ、忘れたことがあったのを。――それは、庭をながめることだ。

それというのも――まあ、聞きたまえ――園芸家にはそんなひまがなかったからだ。夏、花の咲いているリンドウをとっくりながめようと思うと、芝生の雑草をぬくために、途中で立ちどまることになる。花の咲いたデルフィニウムのうつくしさをたのし

もうとすると、支柱をあたえることになる。アスターが咲くと、水をやるために如露をもって走る。フロックスに花が咲くと、根もとにはえたカモジグサをぬく。バラが咲くと、台芽をとるか、ウドンコ病のしまつをする。キクが咲くと鍬をもって駈けつけ、踏みかためた土をほぐしてやわらかにする。どうしたらいいのだ？ いつも何かしら、しなければならぬことがある。両手をポケットに突っこんで庭をながめてなど、どうしていられよう？

ありがたいことに、いまは何もかもおしまいになった。もっとも、しなければならなかったことはいろいろある。あのうしろのところは土が岩のようにかたくなっている。それにヤグルマギクも、ほんとうは植え替えてやりたかったのだ。しかし、安心したまえ、もうすでに雪が降っている。どうだ、園芸家、きみの庭をはじめてしみじみながめにいっては？

してみると、あそこに雪のなかから突き出ている黒いものがアメリカセンノウだ。この干からびた茎が青い花の咲くアキレジアで、この束になったちぢれた葉がアスチルベだ。あそこに箒のようになっているのが、たぶんアスター・エリコイデスだろう。それからここの、何にもなくなっているところにあるのが、オレンジいろのキンバイソウだ。それからこのひとかたまりの雪がナデシコで、あそこに棒っきれのようになっているのが、赤い花の咲くノコギリソウらしい。

ブルルルル、寒い！　冬になってさえ園芸家は自分の庭をのんびりたのしめない。

＊

まあいいや、それでは部屋に火でも焚こうか。庭はフカフカした雪の羽蒲団の下で眠らせることにしよう。たまには、ほかのことを考えるのもいい。まだ読まない本が机にいっぱい載っかっている。あいつからとりかかろう。ほかにも、まだいろんな計画や、気にかかることが山積している。そいつをやることにしよう。そ、だをかぶせるのを忘れたのは、一つもないだろうな？　トリトマには十分に霜よけをしただろうな？　ルリマツリに霜よけをするのは忘れなかったろうな？　ゲッケイジュにも、すこしそだをかぶせてやらなきゃいけなかった。アザレアが寒さでやられなきゃいいが。ラナンキュラスの球根が芽を出さなかったら、どうしたもんだろう？　そうしたら、かわりに何か別のものを植えなきゃならない……まて……まて……ちょっとカタログをしらべてみよう。

十二月の庭は、何よりもまず、おびただしい園芸カタログのなかに見出される。園芸家自身はガラスにかこまれた暖房のある部屋で（肥料やそだでなく！）園芸カタログと、パンフレットと、本と、雑誌に首まで埋まって冬眠する。それらの印刷物を読んで、園芸家がさとったことは、

1　いちばん珍重すべき、いちばん丹精のしがいのある、ぜったいに自分の庭に必要な植物が、自分の庭に植わっていない植物であること。

2　自分の庭に植わっている植物は、全部が全部、「多少手ごころを要する」植物で、冬、寒がること。でなければ、同じ花壇に「湿気を必要」とする植物と「湿気を禁物」とする植物が、隣りあわせになって植わっていること。それから「完全な日陰」を必要とする植物が「強烈な日光」にさらされていること。およびその逆。

3「もっと世間の注目をひいていいはず」の植物だとか、「どこの庭にもかならずな

くてならぬ」植物だとか、あるいは、すくなくとも「在来種をはるかにしのぐ驚異的な新しい変種」に属する植物が三七〇種類以上もあること。

これらのすべてを考えると、十二月の園芸家は完全に憂うつになる。それと同時に、万一、自分の庭の植物が、寒さのためとか、菌類のためとか、あるいは湿気、乾燥、日光、または日光の不足のために、春になって一本も芽をふかなかったら、と考えると、それが心配になりはじめる。もしそんなことになったら、このおそるべき空白を何で埋めたらよかろうか、ということが悩みの種になる。

つぎに、たとえほんの一部分枯れたとしても、たったいま、六〇冊のカタログを読んで、その存在をはじめて知った、もっとも珍重すべき、多花性の、優秀なあの新種を、ほとんどいくらも自分の庭

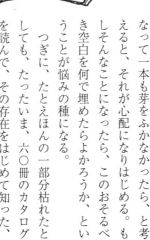

に植えることができないだろう、ということだ。これもたしかに我慢のならぬ空白だ。なんとかしてその空白を埋めなければならぬ。

　すると、冬眠中の園芸家は、自分の庭に植わっている植物にはまるっきり興味がなくなってしまい、植わっていない植物に、猛烈な魅力を感じはじめる。むろん、このほうが数が断然多い。

　それからカタログにとびついて、どんなことがあってもこれだけはぜひともほしいというもの、ぜひとも注文する必要のあるものにアンダーラインを引く。夢中になって印をつけていったら、万難を排して、どうしてもこれだけはという宿根草が、最初は四九〇になった。勘定してみて、さすがにすこし冷静になり、ことしはあきらめようと思う植物に、断腸の思いで棒を引く。そのあとまだ五回も悲痛な整理をおこなって、「いちばん珍重すべき、いちばん丹精のしがいのある、ぜったいに必要な」植物を、やっと一二〇に減らす。とび立つ思いでさっそく注文書を書く。

「発送は三月上旬にねがいます――」

　書きながら、もう、園芸家は待ち遠しくてたまらなくなり、ああ、もし三月上旬が今であったら、と考える。

ところが、神さまは園芸家をおかしくしたのだ。三月になってみると、いかに苦心して考えても、せいぜい二、三ヵ所しか、ものを植える場所がないことがわかる。おまけにそれが、日本のマルメロのうしろの垣根のきわだ。

冬のあいだの主な作業（それも——ごらんのとおり——かなり手まわしのよすぎた）が終わってしまうと、園芸家は物凄く退屈しはじめる。「三月からはじまる」というので、三月までの日にちを数える。あんまり日にちがたくさんありすぎるので一五日減らす。というのは「年によっては二月の中旬にはじまることもある」からだ。しかし、そんなことをしてみたところで、何の役にも立たない。どっちみち待たなければならないのだ。そこで園芸家は、こんどは何かしら別なものに飛びつく。たとえば長椅子だとか、安楽椅子だとか、寝椅子だとかの上に寝ころがって、自然の冬眠をまねようとつとめる。

三〇分たつと、天来の妙案を思いついて、水平の姿勢から跳び上がる。植木鉢だ！　植木鉢でものがつくれるのだ！　ヤシ、ラタニアヤシ、ドラセナ、ムラサキツユクサ、アスパラガス、クンシラン、ジャコウソウモドキ、ネムリグサ、ベゴニアの藪が完全な熱帯的のうつくしさで、たちまち彷彿《ほうふつ》として目にうかんでくる。促成のプリムラや、ヒアシンスや、シクラメンも、もちろんそのなかにまじって咲くだろう。次の間を赤道付近のジャングルにし、階段からは蔓をぶら下げ、窓のふちには植木鉢をずらりとならべる。そしてその植木鉢が、まるで気が狂ったようにめちゃくちゃにたくさん花を咲かせる。

園芸家は大急ぎで、自分のまわりをちらっと見まわす。するとそれが、たちまちもう、自分の住んでいる部屋ではなくなり、自分が魔法でよびだそうとしているエデンの園の原始林に見えはじめる。そこで、いきなり角の種苗店にかけつけ、やがて両腕にいっぱい宝の植物をかかえて帰る。

はこべるだけ家のなかへはこびこんで、さて、それから気がついたことは——

1 ずらりとならんだ植物は、赤道付近のジャングルというより、むしろ小さなセトモノ屋の店先に似ている。

2 窓のふちには一鉢もおけない。その理由——家の女子《おなご》どもが気ちがいのようになって主張するところによると、窓は換気のために存在するものだ。

3 階段には一鉢もおけない。その理由——階段に泥がついて、水がはねかえる。

4 次の間を熱帯のジャングルに変えることは不可能。その理由——いかに手を合わ

せてたのんでも、呪っても、女子どもが、窓をあけて冷たい空気を入れることを、あくまで主張してゆずらない。

そこで園芸家は、ここならすくなくとも凍らさないですむだろうと、みずから慰めて、大事な植物を地下室にもっていく。それから春が来て、湿った土を掘りおこすころになると、園芸家はもうすっかり植木鉢のことなんかわすれてしまっている。絶対にこれは確かだ。ところが、そんな目にあっても来年の十二月になれば、園芸家は、きっとまた新しい植木鉢で自分の部屋をウィンター・ガーデンにするにちがいない。ここに自然の永遠の生命があるのだ。

園芸家の生涯について

待てばバラの花咲く季節もある、という諺《ことわざ》がある〔待てば海路の日和《ひより》、と日本ではいう〕。なるほど、たしかにそうだ――もっとも六月か七月まで待たなければバラは咲かないが、しかし成育の点では、そうとうりっぱな樹冠ができるまでに三年あればたりる。むしろ、待てばカシワの花咲く、と言ったほうがいい。さもなければ、シラカンバの花咲く季節もある、と。

わたしは数本のシラカンバを植えて、心のなかで思った。いまにここがシラカンバの森になるだろう。そして、あそこの隅に百歳の樹齢を経たカシワの巨木がにょきっと一本そびえるのだ、と。わたしはカシワの木も一本植えた。ところが、もう二年たつが、樹齢百歳の巨木にはまだならないし、シラカンバも、ニンフが踊りをおどるような百歳の森には、まだなかなかならない。もちろん、まだ数年わたしは待つつもりだ。われわれ園芸家は根気がいい。

わたしの芝生には、わたしの背丈と同じぐらいのレバノン・シーダー〔レバノン産のヒマラヤスギ」が一本植わっている。専門家の話によると、このスギは高さ一〇〇メートル以上、幅一六メートルに達するという。このスギがその高さと幅をもつまで、むろん、わたしは待ちたいと思っている。それまでわたしが完全に健康でいて、わたしの労働の、いわば果実を収穫することができたら、こんなにけっこうなことはない。なんのかんのと言ううちに、レバノン・シーダーはたっぷり二六センチ背丈がのびた。よし、もっと待ってみよう。

たとえば芝草だ。なるほど、上手にまいて、スズメがついばまなければ、二週間後には芽が出、六週間後には芝刈り機で刈ることができる。しかしイギリスの芝はそうはいかない。わたしはイギリス芝をまく場合のすばらしい処方を知っている。これも――ウスターソースの処方と同様英国のある田舎の大地主が考案したものだ。

かつてこの大地主に、アメリカのある大富豪が言った、

「どうしたらこういう完全なみどりいろの、ぎっしり目のつんだ、非のうちどころのない、びろうどのようにやわらかな、むらのない、みずみずしい、いつもかわらない、――かんたんに言うとですな、つまり、おたくの庭のようなこういうイギリス芝が、どうしたらつくれるか、おしえてくだすったら、お望みの額をいくらでもお払いしま

すがなあ」

するとイギリスの地主の答はこうだった、

「それは、ごくかんたんです。土をよく深く耕すんです。水はけのいい、肥えた土でなくっちゃいけません。酸性の土ではいけません。あんまり肥料気がありすぎてもいけません。重くってもいけないし、やせていてもいけません。それから、その土をテーブルのように平らにして、芝の種をまいて、ローラーでていねいに土をおさえつけるんです。そして毎日水をやるんです。芝がはえてきたら、毎週、草刈り機で刈って、刈り取った芝を箒で掃いて、ローラーで芝をおさえるんです。毎日、水をかけて湿らせるんです。スプリンクラーで灌水するなり、スプレーするなりして、それを三〇〇年おつづけになると、わたしんとこと同じような、いい芝生ができます」

＊

また、わたしたち園芸をやる者は誰でもみんな、あらゆる種類のバラを実地につくって、蕾、花、ステム、葉、樹冠その他の性質についてしらべてみたくなる。また、自分で栽培してみないと、わかるものではない。同様に、あらゆる種類のチューリップ、ユリ、アイリス、デルフィニウム、カーネーション、カンパニュラ、アスチルベ、スミレ、フロックス、キク、ダリア、グラジオラス、ボタン、アスター、プリムラ、アネモネ、アキレジア、サキシフラガ、リンドウ、ヘリアンサス、ケシ、アキノキリンソウ、キンバイソウ、ヴェロニカをつくってみたくなる。

　このうちのどの植物にも、いちばん優秀な、どうしても欠かすことのできない雑種と変種がすくなくとも一二種類はある。そのほかにまだ、三ないし一二の変種しかもっていない何百かの属と種《しゅ》〔スペシース〕も加えなければならない。そのほかにまだ、特別の注意をはらわなければならないものに、高山植物、水生植物、ヒース属の植物、球根植物、シダ類、日陰を好む植物、木、ときわ木がある。これを全部数えると、わたしの計算では、いくら内輪に見つもっても一一〇〇年かかる。

　手に入れた植物をすっかり完全にテストし、マスターし、実地に鑑賞するためには、園芸家は一一〇〇年を要する。それ以下には見つもれない。ただし、諸君のことだから、大まけにまけて五パーセント割引きしてあげてもいい。それに（骨折り甲斐はあるけれども）なにも全部テストするにも及ばないだろうから。それにしても、そのあいだにしなければならないことを全部しようと思ったら、諸君は急がなければならない。一日もむだにしてはならない。いったんやりはじめたことは、やりとげなければいけない。諸君の庭に対して、諸君にはその義務がある。その処方は、諸君に教えない。諸君自身でやってみて、忍耐すべきだ。

われわれ園芸家は未来に生きているのだ。バラが咲くと、来年はもっときれいに咲くだろうと考える。一〇年たったら、この小さな唐檜《とうひ》が一本の木になるだろう、と。早くこの一〇年がたってくれたら！　五〇年後にはこのシラカンバがどんなになるか、見たい。本物、いちばん肝心のものは、わたしたちの未来にある。新しい年を迎えるごとに高さとうつくしさがましていく。ありがたいことに、わたしたちはまた一年齢《とし》をとる。

訳注

〔1〕 **フォックステイル**　スズメノテッポウと同属のイネ科の芝草。

〔2〕 **フィオリン・グラス**　ベントグラスと同属のイネ科の芝草。西洋芝は、日本のシバやチョウセンシバとはちがって、別の属のものを何種類か混合して種からまく。たとえば、葉の幅がひろくて美しい、イギリスのライグラスを単独にまけば、一年でたちまちみどりいろの芝生ができあがるが、二年目には禿げだらけになって、前年のおもかげは失われてしまう。そこで、性質の強い別の芝草を混合する必要がどうしてもあるのだという。ふつうは四種類または五種類を混合し、それらがたがいに他の草の欠点をおぎないあって、ぎっしり目のつまった美しい常緑の芝生をつくるようにする。どの草をどの割合にまぜるかということは、気候風土の相違、土壌の性質、芝生の位置などによってちがい、これをまけばかならずどこでも成功するという一定の処方はないらしい。いわゆるエキスパートの園芸家にまかせないで、自分で種をまく場合には、欧州では信用のある種屋に行って、たとえば「ぼくの庭は粘土質で、じめじめして、日当たりがわるいんだが」と説明して、適当な種類の

草を適当な割合で調合してもらうらしい。

〔3〕 **知恵の木**　もちろん園芸植物ではない。「また主なる神は、見て美しく、食べるによいすべての木を土からはえさせ、さらに園《その》の中央に命の木と、善悪を知る木とをはえさせられた」（「創世記」第二章七節）

〔4〕 **デルフィニウム**　英名ラーク・スパー。和名ヒエンソウ、またはチドリソウ。しかしチャペックがこの本で言っているデルフィニウムは、わたしたちの庭に植わっている、糸のように細い葉とスミレのような距《きょ》をもった、あの一年草のラーク・スパーではなく、園芸種として改良されたハイブリッド系の宿根草で、草丈も、低いものは一メートル、高いものは一・八〇メートルもあり、系統のめちゃめちゃになっていることは、バラにおける近ごろのHT系どころではないらしい。花は一重、準八重、八重があり、大きさもさまざまで、色は純赤と緋いろと黄いろを除くと大ていの色はある。花期はふつう六、七月から十月まで。距は花弁のうしろにかくれてほとんど見えない。訳者は、アメリカのヘンダーソンのカタログにのっていたニユー・パシフィック・ハイブリッドの「サンマー・スカイ」系の種を手に入れ、これを鉢で育てて雨の降る日は屋内に入れ、苦心惨憺してようやく花を見た。尺鉢で、重ねはうすいが、直径六インチのみごとな花をぎっしりつけた八〇センチの花茎が、

一株に三本出た。花の色はかつて見たことのない美しい空いろだった。これがバラのように露地でつくることができて、ホリーホックのように無造作に育って、こんもりしたブッシュになり、毎年、初夏から秋にかけて、澄みきったきれいな空いろの花の柱を、たとえばバラのむこう側にニョキニョキ立ててくれたら、さぞみごとだろうと思うのだが、露地どころか、鉢植にして軒下においてさえ二年目の花は見られなかった。ドイツ人の書いた園芸書には、こんなに丈夫で手のかからない、きれいな花の咲く宿根草はほかにない、と書いてある。おそらくそれは欧州ブドウが露地でつくれるような国のはなしであって、高温多湿の日本の風土にはあてはまらないのだろう。多少手はかかっても、これがある程度日本の露地でつくれるものだったら、訳者の庭の四分の一か、三分の一、ひょっとすると半分ぐらいはこの植物で占められていたかもしれない。とかく、よその花はうつくしいもの。持たぬ花にあこがれるのは、チャペックの住んでいた国の園芸家ばかりではないらしい。

〔5〕 **アザレア・ポンチカ** レンゲツツジに似たものらしい。花は黄いろで、いい匂いがするという。京都の植物園にあるそうだ。古代ギリシアの軍人で、歴史家および哲学者として名高いクセノフォンが、一万人のギリシア人を率いてメソポタミアから退却するとき、このツツジの原産地である黒海の沿岸で、この花にとまったハ

チの蜜をなめた一万人が麻酔にかかったというエピソードが伝えられている。野獣や羊さえこのツツジの葉や蕾を食べると死ぬという。

〔6〕**キンシダ**　名前から想像されるとおり、葉の裏が黄金いろの粉でおおわれている、温帯および熱帯地方に分布する小型のシダだそうだが、ペルー原産のピティログランマ・クリソフィラという種類は葉の長さが一メートルに達し、あらゆるシダ類のうちでもっとも美しいものの一つに数えられているという。この属のシダは最低摂氏一二～一五度の温度を必要とし、乾燥した空気のなかで日に当てないと黄金いろの美しさがよく出ないことと、灌水施肥は十分におこなっていいが、葉に水がかかると黒い斑点ができて、観賞価値がなくなるという。このシダのもう一つの特徴は短命なことで、古くなると成長力を失ってしまうこと。そのかわり胞子の発芽はあらゆるシダ類のうちでもっとも早く、その発芽力は二〇年たもたれる。

〔7〕**勝利の椰子**　ナツメヤシをさす。ギリシア・ローマ時代にはこのヤシが勝利の象徴であった。凱旋のときには、兵隊たちがその葉を手に持って行列をしたという。

〔8〕**名誉の月桂樹**　ギリシア神話を読んだ方は、妖精ダフネがアポロの求愛をのがれて月桂樹に姿を変えた話をご存じだろう。アポロは、木に変わったダフネの枝を抱きしめて、「ダフネよ、おまえはもう、わたしの妻にはなれなくなったが、せめ

てわたしの木になっておくれ。これからさき、わたしは王冠としておまえをかぶることにしよう。かがやかしい手柄を立ててローマに凱旋する将軍たちも、そのひたいをおまえの葉で飾ることになろう」と、さけんだ。月桂樹が名誉の象徴として、文武のほまれを得た人たちのひたいに飾られるようになったのは、この神話によるものと言われている。ダフネはギリシア語の月桂樹。

〔9〕グアーノ　海鳥糞または糞化石の名で知られている。南米の西海岸、アフリカの西南海岸の諸島で、海鳥の排泄物などが空気にさらされて分解したものだという。なかんずく良質のものが採れるのは、一年じゅうほとんど降雨がなく、空気の乾燥しているペルーの海岸諸島で、むかしペルーを支配したインカ皇帝たちは法律で海鳥を保護し、海鳥の孵化期に島に上がった者は死刑にしたと伝えられている。欧州に紹介されたのは一八〇二年であったが、肥効がいちじるしいのでたいへんな評判になり、一八四七年にはペルーのグアーノが採掘し尽くされ、骨粉と灰とアンモニア塩を混合した人工グアーノまであらわれるにいたったと言われる。しかし海鳥がいなくなったわけではないので、グアーノは、いまでもペルー国政府の特別許可によって日本にも輸出されている。訳者は鉢植のクレマチスにこれをこころみているが、どんなに頑固にねむっている芽も、枯れてさえいなければ、たちまち目をさま

し、すくすく伸びはじめる。ききめは油かすより早い。しかし主要成分が窒素一五%、燐酸一〇%、加里二%となっているから、適当に加里分をおぎなう必要がある。

〔10〕 **芝草土** むかし訳者が園芸に親しみはじめたころ、外国の雑誌で芝草土が大いに推奨されているのを知り、庭のコウライ芝をはいで積み重ねたことがある。そしてそれが芝草土だと思っていた。本格的な芝草土がどんなものかということを知ったのは、それからずっとあとだった。本格的な芝草土は、むろん、廃物を利用したりしない。その目的のためにわざわざ芝の種をまくのだ。良質の芝草土を得るには砂質粘土がよいとされている。そしてライグラス、ベントグラスなどのイネ科の芝草に、クローバーの種をまぜてまく。クローバーはマメ科の植物だから、下層土の窒素を上層に移動させて、これを利用するのに都合がいい。肥料としては燐酸と加里をおぎなうだけでたりる。二、三年は植えっぱなしにしておく。秋に草のはえている上層土を、根の張りかげんによって五センチから一五センチまでの厚さに土ごとはぎとり、草は草の上、根は根の上に重ね、根と根のあいだには牛糞を、草と草のあいだには生石灰をサンドイッチにはさんで、堆肥のように積み上げる。翌春、一回切りかえしをすれば、夏には花壇に使える。鉢ものの培養土にするためには、

半年に一度ずつ切りかえしをして、もっと十分に腐熟させる必要がある。こうしてこしらえた芝草土はキク、カーネーション、バラ、ライラック、ペラルゴニウム、アスパラガス・スプレンゲリ、タマシダなどには非常に成績がよく、キクなどでも、厩堆肥その他でつくった調合土だと早く葉が黄化し、養分の不足があらわれるという。

〔11〕**角粉**　角《つの》細工をするときに生ずる角の屑《くず》。窒素一三〜一四％と少量の燐酸をふくむ。粗い粉は分解がおそいが、こまかい粉は分解が早く、効き方がやわらかで、肥もちがいいという。直接根にふれても肥料あたりを起こさないので、アマチュアには使いやすく、欧州では愛用されているらしい。露地用に用いるのは不経済とされている。

〔12〕**カイニット**　ドイツのシタースフルトで採掘される加里塩。主成分は塩化加里と硫酸苦土《りゅうさんくど》。加里含有量は一五％。副成分として有害な塩素をふくんでいるので、一平方メートルに二〇〇グラム以上を施してはならない。塩素をきらうバラなどの肥料としては好ましくない。

〔13〕**ペトロカリス・ピレナイカ**　スペインのピレネー山脈およびアルプス山脈の、岩の多いところに自生するアブラナ科の宿根草。草丈五〜七・五センチ。花期は五、

六月。花は咲きはじめは白で、のちローズ赤に変わる。チャペックがリラいろと書いているのは、おそらくローズ赤になる以前の色ではないかと思われる。鉢植およびロック・ガーデン用。ムラサキイヌナズナの和名がある。

〔14〕 **シーヴェレキア・ボルンミュレリ**　バルカン原産のアブラナ科の宿根草。草丈五～一〇センチ。葉は細ながく、ヘラ形で全縁、ぎっしり毛がはえている。花は白。花期は四、五月。花壇の縁どり用とあるが、写真で見るとロック・ガーデンに植わっている。日の当たる場所とフカフカした土をこのむ。和名はないが、別名ドラーバ・デルフレリとあるからイヌナズナの一種と考えた植物学者がいたのかもしれない。

〔15〕 **イヌナズナ**　和名でこう書くといかにも雑草じみていて、道ばたのペンペングサが目にうかぶが、ここでは、イヌナズナ属のうちにたくさんある観賞用の高山植物のどれかをさしているのだろう。多くは三～一〇センチくらいの、毛のはえた小さな一、二年草または宿根草で、花は白または黄いろ。ムラサキイヌナズナはローズ赤だが、チャペックがこの本を書いたころは、イヌナズナとは別の属にはいっていたものと想像される。

〔16〕 **ヨモギ類**　山草家でない者は、イヌナズナからペンペングサを思いうかべるよ

うに、ヨモギときくとすぐ、春のつみ草とヨモギ餅が頭にうかぶが、ここではむろん、花とともに、灰いろまたは銀白色の毛でおおわれた葉の美しさを観賞する、ロック・ガーデン用のヨモギ類をさす。これに似たものに、日本にもアサギリソウ、サマニヨモギ、シロヨモギ、チシマアサギリソウなどがある。みどりいろをした強烈なフランスのリキュール酒アブサンは、この属のアブシンティウム（ニガヨモギ）でつくられたもの。

〔17〕 **カイソウ**（海葱） 南欧、シチリア、熱帯アフリカなどの海岸の砂丘に自生する、ハマユウに似たユリ科の大きな球根植物で、七、八月ごろ、葉に先だって一〜一・五メートルの花茎に、白または淡紅色のかわいらしい星形の花をいっぱい総状につける。自生地では二キロ半も目方のある、子供の頭ぐらいの大きな球根が、たいがいは砂の上に露出しているという。欧州ではこの球根を鉢植えにして冷室で栽培している。その方法は、葉が枯れたあと球根をほとんど完全な乾燥状態にたもち、冷室の天井の窓に近い位置に鉢をおく。芽が出はじめたら、乾いた土を適当に湿らせる。花茎が伸びるにしたがって鉢の位置を低くする。花が終わり葉が伸びはじめたら、伸びおわるまで十分に灌水し、換気をよくしてやる必要がある。花はかなりながいあいだ咲いており、冷室のなかで熟した種がとれる。

〔18〕 **モウズイカ**　欧州、北アフリカ、西部および中央アジア等に二七〇種あるという、ゴマノハグサ科の直立生二年草。まれに多年生のものがあり、ごくまれに半灌木生のものもある。この属共通の特徴として株全体にやわらかな毛がはえ、むかしのギリシア人たちはこの葉をランプの芯に使ったと言われる。楕円形、長楕円形、心臓形、またはヘラ形の大きな葉が地ぎわからはえ、茎についている葉は上へいくにしたがって小さくなっている。花はきわめて長い穂状または総状花序をなし、分岐するものとしないものがある。花期は夏。花の色は黄いろ、茶いろ、紫、赤、ときとして白があり、園芸品種が多い。古代ギリシアのオリンプの草原が原産地だというヴェルバスクム・オリンピクムという種類などは、写真で見ただけでもじつに雄大で、みごとだ。波形にうねったヘラ形の長い広い葉が、根もとの土を巨大なロゼットでおおい、花茎が伸びるにしたがって、その葉がピラミッド形に盛り上がり、大きな花茎が黄いろい花のついた長い穂を数十本、ピラミッド形に伸ばしながら二メートルぐらい咲きのぼっている。栽培法としては、よく肥えた（といってあまり肥料気がありすぎてはいけない）、水はけのいい、かなり腐植質をふくむと同時に、石灰分に乏しくない粘質壌土がよく、日が当たらなければいけない。耐寒性はかなりあるが、寒さのためよりも、むしろ土壌中の湿気と、急激な気候の変化のために、

冬枯れることがあるという。

〔19〕ヒゴタイ　花の感じが、ハリネズミのように見えるというところから、ギリシア語ではエキノプス、ドイツ語ではイーゲルコップ（ハリネズミの頭）またはクーゲル・ディステル（玉アザミ）という名前がつけられている。英語のグローブ・シッスル（玉アザミ）も、葉はアザミに似て、灰白色の毛がはえており、花はハリネズミのように刺のある苞《ほう》でつつまれた、白または空いろの、球形の頭状花。南欧、西北アフリカ、アジアに約八〇種、日本には九州の山野に自生するものが一種ある。高生の二年草または宿根草で、セイタカヒゴタイのごときは草丈一・五〜二・五メートルという大きなもの。写真を見ると、草の幅もそのくらいある。庭園用として、金属的なつやをもった、その真ん丸な花が人目をひき、絵画的な効果があるという。弱アルカリ性の土壌によく育ち、手入れはいらない。

〔20〕マンドラゴーラ　英語では別にマンドレークとも言い、ドイツ語ではアルラウン、またはアルラウネとも言う。チャペックがここにあげている一連の植物のうちで、エデンの園にあるという「知恵の木」を除くと、神秘的な点ではマンドラゴーラが随一といえるだろう。茎がなく、葉が根から直接はえるメギ科の耐寒宿根草で、根は多肉でいくつにも分岐し、その先が多く二またに分れていて、形が人間に似て

いるという。葉は大きく、長円形またはランセット（外科用の細い両刃のメス）形で、ふちが波形にうねっている。花は黄いろで、ややみどりいろをおび、直径一・五センチの黄いろい多汁果を生じ、その実は催眠作用をもっている。

ケシだろうとマンドラゴーラだろうと
世界中のどんな睡眠薬を飲んだって
もうきのうまでのように気持よく
眠らしてもらえはせんぞ
（シェイクスピア『オセロ』）

またこの実には、春情を刺激し、妊娠をさせるはたらきがあるので、古代から欧州では恋の妙薬として使われ、葉は鎮痛剤として傷にあて、東洋ではタバコとして吸っていた国もあるという。根には麻酔作用があるため外科手術に使われた。以上は古代におけるマンドラゴーラの、いわば実用的な用途だが、この植物を神秘的にしているのは、その根にまつわる迷信だ。中世紀の欧州人はこの根を掘りとり、小さな人の形に彫ったのを、子宝と安産の護符、金持になるため、訴訟に勝つため、病気にかからないため、魔法除けなどのお守りとして用いた。その目的に用いるマンドラゴーラの根は、絞首台の下で掘りとったものでなければならない。しかも、その株は、無実の罪で絞首刑に処せられた男の精液からはえたものでなければならない、とされていた。かりにその条件にかなった株が見つかったとしても、この根を手に入れるのが、容易なことではなかった。というのは、抜こうとすると、この根は忽然《こつぜん》と消えてしまう。しかし、消えない場合もある。その場合にはとてもおそろしい叫び声をあげるので、抜いている人間はそのためにびっくりして、死んでしまうからだ。彫った人形にはいろんな服を着せ、盛装させて箱におさめ、家のなかのだれにもわからない場所において、三度三度食事と飲物をあたえ、土曜日ごとにブドー酒と水で入浴させ、新月がめぐってくるごとに新しい服に着かえさせた。そして何かのまじないをするために人形の必要がおこると、そこから持ち出した。迷信的な中世紀にはこの根がさかんに売買され、ドイツでは、ときによると一つが六〇ターラー（邦貨に換算すると約一万五〇〇〇円）もしたという。

ところで、しらべてみると、マンドラゴーラは俗名であって、学名はポドフィルムの、いくつかある種（スペシース）のなかの一つ。地中海沿岸地帯原産のオフィキナルムという名前の植物だという。それならば、おなじ属のなかには中国原産のもので濃紅色の花の咲くキキュウ（鬼臼）、一名シュウテンカ（羞天花）という植物もあり、暗紫紅色の花の咲く台湾原産のハッカクレン（八角蓮）という植物もある。どちらも毒草で、ハッカクレンのほうは台湾で、毒蛇にかまれたときの解毒剤として使われているということだ。しかし『園芸大辞典』も、パーレーの『花園芸』も、マンドラゴーラに対する中世紀欧州の迷信については一言もふれていない。神秘につつまれた植物も、植物学にとってはもはや神秘ではないのかもしれない。この属の栽培法としては、庭園の腐植質に富んだ湿潤な日陰、または北に面した斜面、石のある庭に適する、と書いてある。

〔21〕**アイゾアケアイ**　古い百科事典をしらべると、主として南アフリカその他の熱帯地方に分布するステップおよび砂漠の植物で、メセンブリアンテム属、モルルギノイドゥム属およびフィコイドゥム属をふくむ約四二〇種の植物をさすと書いている。いまではおそらく植物分類上の名称が改められているのだろう。アイゾアケアイ属も、モルルギノイドゥム属も、フィコイドゥム属も何をさすものか、素人の訳者にはしらべがつかない。わかっているのはメセン属だけだ。メセンといっても、ふつうわたしたちが知っている異様な玉形の多肉植物は、むろん、この属のうちのほんの一部分であって、写真を見ると、枝をもったマツバギクのようなものもあり、ベンケイソウのようなものもあり、根もとからすぐに刺のある多肉の葉を出したシ

サボテンのようなものもあり、かなり多種多様だ。パーレーの『花園芸』によると、この属だけですでに五〇〇種以上の植物があるという。似ているのは花の形だけだ。つまりマツバギクのような花。それが日中はひらいて、夜はとじる。

〔22〕**モリナ**　マツムシソウ科の宿根草。中央アジアと東アジアに八種ある。アザミのようなギザギザのある長い葉が、花茎以外はほとんど地面から直接でる。草丈六〇～一二〇センチ。花は長い花茎が出て穂状に咲く。花の色は白またはバラいろ。花期は七月から九月。芝生のなかに一株、または二、三株、かためて植えるとおもしろそうだ。排水のいい、アルカリ性の乾燥しやすい、よく日の当たる粘土まじりの砂地に浅植をする。欧州ではむろん防寒をしなければならない。冬の多湿は禁物。播植は種から。苗のうちは鉢で育てる。根が切れると枯れるので、露地植では移植ができない。欧州でさえ、やや扱いにくい植物の一つらしい。雨の多い日本では、おそらく芝生に植えて観賞するなどということは望みえない無縁の植物だろう。

〔23〕**聖ゲオルギヌス・オヴ・ダリア**　ダリアは学名だが、そのほかにゲオルギナという学名ももっている。ダリアもゲオルギナも十八世紀の著名な植物学者の名前にちなんだもの。この二つを結びつけて、ダリア党のために架空の聖人を作者がでっちあげたものだ。

〔24〕**厩肥**　ご承知のとおり、家畜の糞尿と敷きワラの混合物を積み重ね、反復積みかえしをおこなって平均に腐らせたものだ。日本では、ふつう一、二尺ごとに土をはさんでいく。欧州では、土をはさまないで、糞尿をその上にそそぐだけで積み上げていくところもあるらしい。できあがったものは褐色ないし暗褐色の、しっとりした、フカフカの土状のものだ。生《なま》の牛糞を一車買ってきて、家庭でこれをつくるということになると、牛糞をまぶしたベタベタのワラが突っぱっていて、ひどく扱いにくいものだ。たとえワラのまじっていないところをとたのんでも、ワラのついていない牛糞というものは、あるものではない。それを真四角に積み上げて、まわりを粘土で塗りつぶすということになると、どこからその粘土をもってきたらいいか。庭のどこかに穴を掘って心土を使うということになると、植えたいものがたくさんあってこまっている庭が、よけいせまくなる。月に一、二回、積みかえをするためには、そのまわりを十分に余裕を見て空けておかなければならない。そうなると、いくら貴重な肥料でも、結局、かんたんに家庭でつくられるしろものではない。

プラーグでは、できあがった上等の厩肥を車ではこんでくれる親切な男がいるらしいが、日本の都会ではむずかしい。ぜひともほしければデパートの園芸部へ行って、小さなビニールの袋にはいった高価な厩肥を買ってくるか、大量にほしいときは落葉や、ワラや、野菜屑や、魚のアラなどを積んで堆肥をこしらえ、それで代用するのがいちばんかんたんだということになる。

むろん欧州でも堆肥はつくる。つくり方はほとんど同じだ。右にあげた材料のほかに、欧州では食肉工場から出る家畜の廃棄物（ただし毛皮は小さく刻み、骨は粉砕しないと堆肥の材料にはならない）、動物の毛、人間の髪の毛、馬の蹄《ひづめ》、角のけずり屑、針葉樹の葉（肥料分はふくまないが、堆肥の容積をふやし、土をフカフカにするためには効果はある）、それからこれは日本でもやっているが、池の底の舞いこみ土、どぶの泥、家畜の糞尿、人糞、灰（石炭や煉炭《れんたん》の灰はいけない）、雑草その他があげられている。もっとも雑草は花の咲いているときに刈り取らないといけない。種がいっしょにはいると、堆肥を使ったあとで草がはえ、除草のためにたいへんな労力を要する結果になる。またヨモギ、イラクサ、アザミ、ハマアカザは堆肥の材料にけっして使ってはならない、と書いてある。日本でも球根性のカタバミ、ヨメナ、ヤブカラシ、スギナなどの根をうっかり堆肥のなかにまぜると、切返しをするたびにその数がふえ、そういう堆肥を移植をしない宿根草やバラの花壇にいれると、ふたたびその根をひろいだすことはほとんど不可能と思わなければならない。といって、こういう、使っていけない雑草と使って差し支えのない雑草を、抜くときに選りわけて区別をするということは、堆肥に使えるくらいたくさん草のはえている場所では、実際上なかなかむずかしい。もう一つ注意しなければならないことは、堆肥に使う雑草は新鮮なものでないといけない。いったん日に当てて乾かしたものは堆肥の質を不良にするだけで、有害無益のものだという。こうして積み上げたものは、十分にふみつけて、一五センチごとになるべく上等の土をあいだにはさむ。そして積みおわったら土またはワラでそのまわりを包み、月に一、二回、積みかえしをおこなう。ということになると、結局、材料が手にはいりやすく、扱いやすいだけで、上等の堆肥をつくろうと思ったら、手のかかることは厩肥と大したちがいはない。

ところでムシュ・ヴィルヘルム・コルデス（「10月の園芸家」参照）の「バラの本」を読むと、この堆肥をつくる場所は「太陽と月のさすところ、雨と霜のかかるところ」がいい、と書いてある。つまり、庭の隅でもいいのだが、木の下や軒下ではいけないのだ。つまり、バラが機嫌よく育つようなところ、できるなら庭の真ん中の、いちばん日当たりのいいところなら申し分ないのだろう。コルデスは、この堆肥を二年間積んでおけと言っている。二年間積んでおけということは、堆肥の山をつねに二つ庭に用意しておけ、ということだ。チャペックによると、花をつくるということは土をつくるということだ。土をつくるということはバクテリアを培養するということだ。してみると、堆肥をつくることは花をつくることとちっとも変わらない。いや、それ以上だ。もしもわたしたちが真の園芸家であるならば、花はむしろ庭のまわりに植えて、そのかわりに、庭の真ん中に堆肥の山を二つそびえさせておくべきかもしれない。

解説

カレル・チャペック Karel Čapek（一八九〇〜一九三八年）はボヘミアの田舎町で医者の家庭に育ち、プラーグ大学で哲学を学び、ベルリンとパリに留学し、ジャーナリストとして出発したが、一九二〇年に戯曲『R・U・R』（『人造人間』）を書いて一躍世界的に有名な劇作家になった。この戯曲は日本でも大正十四年に築地小劇場で、土方与志氏の演出で上演されている。そのほか戯曲では『虫の生活』『マクロポーロスの秘術』などが有名であり、小説、エッセイ、旅行記、童話の方面でもすぐれた作品をのこしている。

一九一八年から一九三八年にかけての二〇年間はチェコ文学の最も華やかな時代だったといわれているが、チャペックは、国際的にいちばんひろく名前を知られた、その代表的な花形作家だ。

一九一八年は第一次世界大戦が終わって、チェコが独立した年であり、その後、資本主義が発達するにつれて階級闘争がしだいにはげしくなり、ヒットラーの勢力がはいりこむまでは中欧で共産党の勢力がいちばん強い国だった。したがって文学の方面でも、プロレタリア文学が圧倒的にこの国を支配していた。

そういう国の、そういう時代の作家だったということを頭において読めば、『園芸家12カ月』*Zahradníkův rok*（『園芸家の一年』）に「労働の日」（メーデー）の一章が加えられていたり、「植物学の一章」に共産党植物だの国民党植物だのという、変な植物があらわれたりすることも、けっしてふしぎではない。『人造人間』や『虫の生活』を読むと、チャペックも、資本主義と軍国主義の上に建てられた物質文明万能の世の中を否定してはいるが、彼自身はプロレタリア作家ではなく、プロレタリア文学に対しては、むしろ批判的な態度をとっていることがわかる。

『園芸家12カ月』が何年に書かれたものか、原書を見ないのではっきりしないが、英語版の出たのが一九二九年だから、おそらくその年か、一年前ぐらいにプラーグで出版されたものではないかと思う。なにしろ当時の国際的流行作家だったから、たいがいの本が出版と同時に欧州に翻訳されている。一九二九年だとすれば、チャペックはすでに三十九歳になっている。作家としても、人間としても、十分に成熟した齢《とし》だ。

労資の争いで世の中が騒然とし、人心がけわしくなっている時代に、社会問題に対して人一倍強い関心をもっていたこの作家が、いったい、どうしてこんなのんびりした園芸家の話を書く気になったのだろうか。組合と争議で明け暮れしているチェコ人の、緊張した神経をゆるめようとする一服の鎮静剤だったのか。社会問題に目をつむり、階級闘争をよそにして、食糧にもならない観賞植物の栽培に人生最大のよろこびと悩みを感じて暮らすアマチュア園芸家たちの生活を、うらやみ、讃美し、奨励しようと思ったのか。それともチャペック自身が、いわゆる日曜園芸家の一人だったのか。おそらく、そうだったのだろう。それどころか、ひょっとすると、病膏肓《やまいこうこう》にいった園芸マニアだったのかもしれない。

すでにご紹介したように、チャペックは大学で哲学を専攻し、つぎにジャーナリストになり、劇作家として成功し、プラーグ市立劇場の文芸部長をつとめ、演出をやり、小説を書き、童話を書き、マサリック大統領と会見して談話録を出版し、旅行記を書き、その文壇、劇壇、ジャーナリズムの方面での仕事はきわめて活発で、多彩だった。

趣味もまた多方面で、写真をやり、絵をかき、犬を飼い、昆虫採集をやり、幼虫の飼育までやっている。そのうえ、もし園芸までやったとすれば、まことに驚嘆すべきエネルギーの持ち主だったと言わなければならない。

『園芸家12カ月』には、果樹を除き、おそらくチェコの園芸好きが一般に愛培しているのだろうと思われるいろんな種類の植物が、訳者の数えたところでは少なくとも二八〇種以上あげられている。日本人のわれわれには親しみのない植物もずいぶんあるようだが、誠文堂新光社の『園芸大辞典』をしらべてみると、そのほとんどが、かつて日本に渡来したことのある植物だ。むろん、なかには枯れてしまったものもあるだろうが、特殊の園芸家または植物園の花壇かガラス室を訪れたら、大部分は実物をながめることができるのではないかという気がする。

チャペックの本を読むと、この二八〇種の植物が、チェコでは、太陽と水と牛糞と化学肥料だけで、何の造作もなくスクスク育っているかのごとき印象をうける。園芸家の努力といっても、灌水と施肥と耕耘と防寒くらいのものだ。アブラムシやウドンコ病には悩まされても、ブラック・スポットに対する悩みは訴えていない。彼らがにくむのはブラック・フロストと、旱魃と、風と、どしゃ降りの雨、つまり自然の不可抗力に対してだけだ。それでいて、なおかつエデンの園をうらやましがっている。日本の園芸家に言わせれば、チェコの園芸家は、まるでエデンの園であそんでいるようなものだ。

おそらくこれは気候と風土の相違なのだろう。チェコの首都プラーグの気候を日本の札幌のそれとくらべてみると、緯度は札幌より七・四六度北により、土地の高さは札幌より一八四メートル高く、夏の最高気温は摂氏二〇度前後で、札幌より八度ぐらい高く、冬の最低気温は零下二度ないし四度で、札幌より〇・五度ないし二・五度低い。たとえばチェコを流れる二つの大河エルベとドナウは、冬は凍結して航行不可能になる。つぎに、一年の降雨日数は平均一二八日で、札幌より六七日少なく、雨量は三七三ミリで、札幌より六四五ミリ少ない。要するに、夏は札幌より暑く、冬は寒く、雨量はそれの約三分の一くらいしかない。

したがって、プラーグは欧州ブドウの産地としても名が知られている。サトウダイコンの産額も大きいが、ホップの栽培もドイツにおとらず、ピルゼン・ビールの優秀さは、ミュンヘン・ビールとともに他国の追随をゆるさない。こういう気候の国だから、雨量の多い日本では、ガラスの下でなければとうてい花を見られないような植物が、雨ざらしの露地で無造作に栽培できる。そのかわり灌水と防寒に対しては、おそらく日本の園芸家の知らない苦労を、プラーグの園芸家はしなければならないのだろう。

対象となる植物の種類に幾分の相違はあっても、植物を愛する気持は世界じゅうどこの国民も同じだ。チャペックの指摘しているとおり、園芸家のよろこびは、単に美しい花を咲かせるための労働と、そのむくいだけにあるのではなく、四季の作業をとおして自然の生命の美しさに触れることができる点にあるのだろうと思う。

古来、花を詩題にした詩人は大勢いたが、土に親しむ園芸家およびマニアのよろこびと悩みを、これほど詩情にあふれた軽妙洒脱な文章で、たのしく書いた詩人を、訳者は知らない。しかしながら、たとえいかに深い蘊蓄《うんちく》と経験をもって書いた文章であろうと、所詮《しょせん》、チャペックは作家であって、専門の園芸家でも、植物学者でもない。アマチュアの書いたものをアマチュアが訳すのだから、専門家が首をかしげるような、変な植物名が一〇や二〇出てきても、大目に見てもらえるだろうと思ったので、本書の翻訳を買って出た。

因《ちな》みに挿画をかいたヨゼフ・チャペック（一八八七〜一九四五年）は、画家で、詩人で、カレルの兄で、戯曲『虫の生活』は兄と弟の合作になっている。プラーグ市立劇場ではこの兄が背景を描き、共同で演出などもやった。

昭和三十四年秋

小松太郎

カレル・チャペック自画像

新装版解説
「愛好者《アマチュア》」礼讃

阿部賢一

プラハの街は、ヴルタヴァ川を隔《へだ》てて、右岸と左岸に分かれている。プラハ城そしてその城下町として栄えた左岸に対し、右岸には旧市街、新市街という歴史的な地区がある。その新市街の小高い丘を登っていくと、ヴィノフラディに出る。その名前は、中世にあった「ブドウ園《ヴィノフラディ》」に由来するが、今では閑静な住宅街が立ち並び、果樹園の跡はどこにもない。カレル・チャペックの邸宅は、そのヴィノフラディ大通りから少し脇に入ったところにある。兄の画家ヨゼフとともに共同で建てた邸宅は、当時の面影を残しながら現存している。チャペックが暮らしていた当時の状態が保管されている内部の様子がどうしても気になるが、注目してもらいたい場所はほかにある。兄弟がともに世話をしていた庭園だ。けっして広くはないが、丁寧に愛情を込めて手入れされていたのが伝わってくる場所。チェコの人たちがよく使う表現に「マレー・アレ・ナシェ（malé, ale naše）」というものがある。「小さいけれども、私たちのもの」という意味だが、この言葉がこれほどふさわしい場所はほかにないだろう。愛着と親密さを感じる、唯一無二の場所。そう、カレル・チャペックの『園芸家12カ月』は、この庭での園芸体験から生まれたものだ。

著者カレル・チャペック（一八九〇～一九三八）は、中欧のチェコスロヴァキア（一九九三年にチェコとスロヴァキアに分離）を代表する作家、ジャーナリストである。「ロボット」という単語を生み出した戯曲『ロボット』（一九二〇）の著者としてもよく知られている。SFファンであれば、不朽の名作『山椒魚戦争』（一九三七）の名前を挙げるだろうし、ユーモア溢れるエッセイを読んだという人も多くいるだろう。社会風刺から文明批判まで鋭い批評眼とSF的な想像力を持ち合わせていた作家であるが、何を置いても、チャペックをチャペック足らしめているのが、発表した作品の多様さだろう。純文学だけではなく、童話『長い長いお医者さんの話』、エッセイ『ダーシェンカ』といった作品も今なお読み継がれていることからわかるように、チャペックは多様な読者層に刺激を与える作家だ。そのチャペックが余暇のひと時に時間を割いていたのがヴィノフラディの自宅での庭仕事であり、その体験をもとにして執筆されたのが『園芸家12カ月』である。

園芸家の一年が、四季の移り変わりとともに、博覧強記の知識にユーモアを交えて綴られている本書は、チャペックが数年にわたって書き記した新聞のエッセイがもとになっている。一九二七年十一月二十七日付の『人民新聞（Lidové noviny）』で「十二月」のエピソードを掲載したのを皮切りに、翌一九二八年十一月十八日の「十一月」まで毎月一回ずつ、全十二回の連続エッセイとして執筆された。さらに、それ以前に発表したもの、書き下ろしも含めて現在の形にまとめられ、一九二九年、単行本として刊行された。

一九二九年といえば、チャペックは三十九歳になる年だ。哲人大統領マサリクとの対話の記録『マサリクとの対話』（一九二八〜一九三五）をまとめたり、ミステリー短編集『ポケットから出た話』（一九二九）を発表したりと、多忙を極めていた時期でもある。だが、折々に行う庭の手入れは、チャペックにこの上ない喜びをもたらしたに違いない。素人《しろうと》園芸家になるには「おやじらしい年配」にならないとだめだと書いているが、本書のどこを開いても伝わってくるのが、土と戯れることのこのうえない喜びだ。人間らしさ、いや泥臭さが失われつつある近代という時代にあって、ささやかな庭園での園芸は、ボヘミアの山村での幼少期を想起させると同時に自分自身を見つめ直す機会となったのかもしれない。舗道にある馬の落とし物を見ては「馬糞とは、まったく、なんというありがたい神の賜物だろう!」とため息をついたかと思うと、「園芸家は、植物をいじることを商売だとは思っていない。一つのサイエンスであり、かつ芸術だと思っている」と園芸家の矜持をくすぐる。そのたびに、読者は頷いたり、笑みを浮かべたりするだろう。また園芸に親しんでいない人が読んでも、園芸の楽しみ、奥深さを感じるのは、チャペックの文章がユーモアに溢れているからだろう。

水やり、庭、そして土と格闘する日々が綴られていくなか、チャペックはけっしてユーモアを忘れない。ユーモアとは、距離を置いて見ることだ。だから、「日がさしても、ただきしているのではない、庭にさしているのだ」と世界の中心に庭を置いても、シャボテンを独自の方法で栽培する人々を「宗門に帰依する信徒」と称しても、嫌味ではなく、どこか微笑ましい感じがする。そのユーモアは、(ある意味で「愛国主義」だという)園芸家の性癖を見事に射抜いたり、玄人《くろうと》はだしの植物学講義(「植物学の一章」)を講じたりと、徹底した観察力に裏付けられている。そればかりか、いろいろな事柄へ想いを馳せる想像力にも溢れている。例えば、十一月の章では、「自然が休養をする、とわたしたちは言う。そのじつ、自然は死にもの狂いで突貫しているのだ」とある。秋から冬にかけて、草花は表立った姿を見せないが、じつは土の下で懸命に生きていることを改めて教えてくれる。

本書を読み進めていくうちに感じるのは、チャペックは植物や土のことを描きながら、やはり人間を描いているのだということ。例えば、「おなじ植物でも一本一本がみんなちがっている――。(…)ただ、生命というものは、想像もおよばぬくらい複雑なものだということ、それだけだ」という一節の「植物」という語を「人間」に変えても何の遜色《そんしょく》もないだろうし、「庭は完成することがないのだ。その意味で、庭は人間の社会や、人間の計画するいろんな事業とよく似ている」という一節は私たちの日常にそのままつながるものだ。園芸という手仕事を足がかりにして植物の生を、人間の生を捉えようとする姿勢は、地に足をつけた感覚を大事にしていたチャペックの世界観に通じるものだろう。

このような人間味あふれる書物の魅力を高めているのが、兄ヨゼフ・チャペック(一八八七～一九四五)による挿画だ。三歳年上の兄ヨゼフは、カレルの著作の挿画を手がけただけではなく、「チャペック兄弟」名義で小説や戯曲を共作してもいる。はてには、住居まで同じ土地に購入するなど、両者は生涯にわたって刺激を与え合うパートナーでもあった。ヨゼフは、キュビスムなど当時の最先端の芸術潮流に触れながらも、アンリ・ルソーに通じる、庶民的な「日曜画家」を称揚したことで知られる。名もない画家たちの簡素だが誠実な絵に魅了され、かれらの慎ましい手仕事に惹かれていたヨゼフの姿勢は、生涯にわたって手仕事を大事にしていたカレルと共鳴するものであった。

そしてチャペックという稀代の「アマチュア」園芸家の文章を訳したのは小松太郎（一九〇〇～一九七四）である。大阪府で生まれた同氏は、慶應大学予科を中退したのち、ベルリン大学でドイツ文学を学び、その後、法政大学で教鞭を執っている。ヘルマン・ケステン、ヨーゼフ・ロートらの翻訳でも知られるが、とりわけエーリッヒ・ケストナーの『人生処方詩集』は名訳として名高い。そう、小松氏が本書を訳出したのはドイツ語からだった。原書はチェコ語で執筆されているので、いわゆる重訳になるが、だからといってすぐに眉をひそめるのはこの場合不適当だろう。たしかに「解説」でも、訳者は「アマチュアの書いたものをアマチュアが訳す」のだから翻訳を引き受けたとやや自嘲気味に記している。だが「素人」という意味で解されることの多い「アマチュア（amateur）」という語の本来の意味は「愛好者」である。植物名が二百四十も出てくる難儀な作品を訳すにはそれなりの想いがなければ取り組むことはなかったはず。「訳注」を丁寧に読めば、小松氏が筋金入りの園芸家であったことが伝わってくる。また翻訳は昭和三十四（一九五九）年になされたものだが、驚くことに古さを感じさせない、今なお味わい深い文章になっている。それも小松氏ならではの情熱の賜物なのかもしれない。

チャペックは、ある意味で「愛好者」に恵まれた作家とも言える。童話『長い長いお医者さんの話』も英文学者・中野好夫《よしお》が英語から訳出したものであり、『山椒魚戦争』の初訳はロシア語からの翻訳だった。もちろん、チェコ語からの翻訳者があまりいなかったという事情もあるが、それにもまして、小松太郎、中野好夫といった翻訳者に恵まれ、読者を獲得してきたことは、日本でチャペックが読まれる一つの契機となったと言えるだろう。そもそも、本書『園芸家12カ月』は、カレル・チャペックという「愛好者《アマチュア》」園芸家による書物であり、それを「愛好者《アマチュア》」翻訳家小松太郎が手がけたことは意味深い。いずれも熱い情熱の持ち主だからだ。チャペックは語る。「ほんとうの園芸は牧歌的な、世捨て人のやることだ、などと想像する者がいたら、とんでもないまちがいだ。やむにやまれぬ一つの情熱だ」と。おそらく小松氏も「やむにやまれぬ一つの情熱」を抱いて、翻訳に取り組んだのかもしれない。偉大なる園芸家と翻訳家の競演をたっぷり味わっていただきたい。

（あべ・けんいち　チェコ文学者）

参考地図

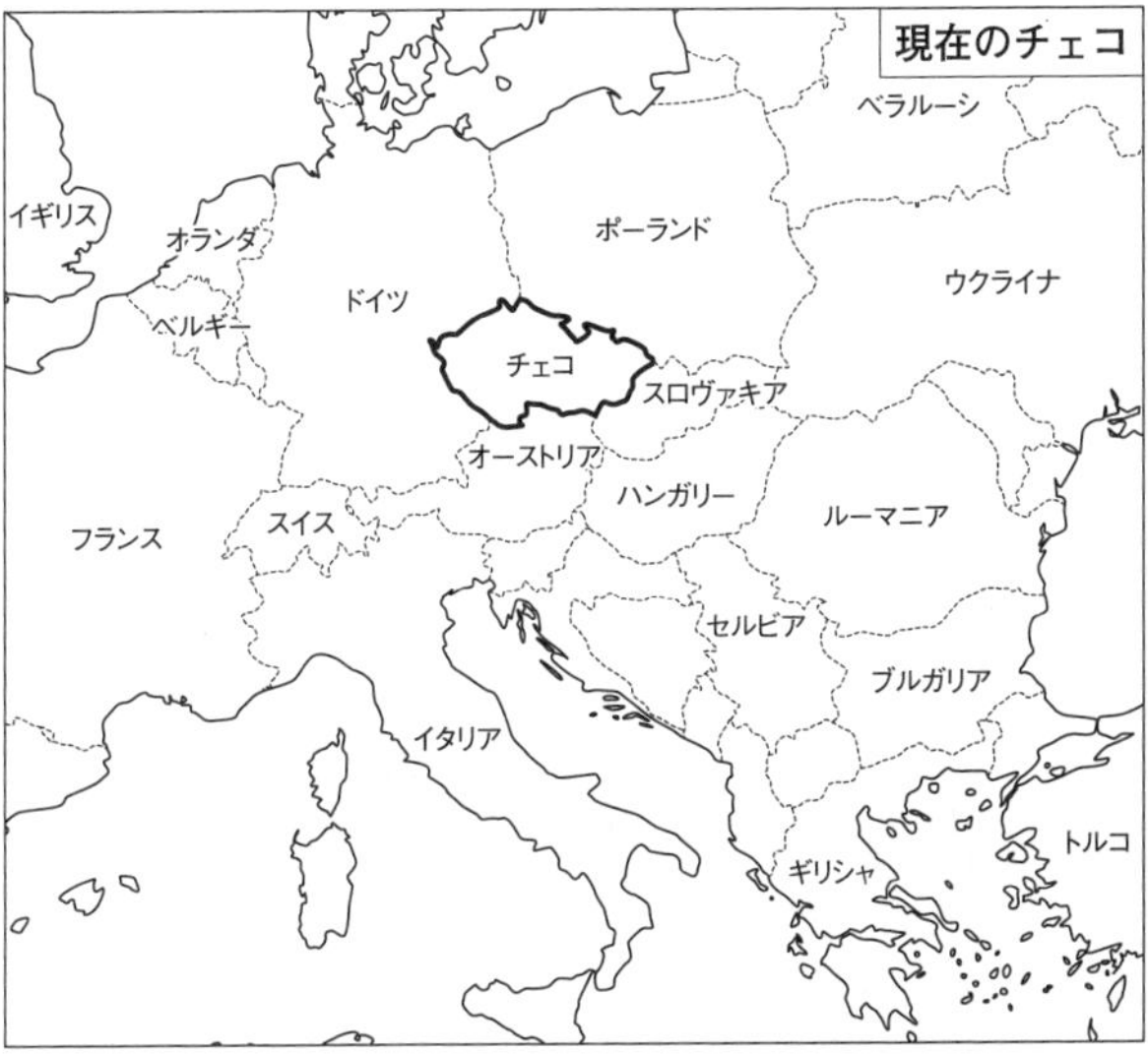
現在のチェコ
ベラルーシ
イギリス
オランダ
ポーランド
ウクライナ
ドイツ
ベルギー
チェコ
スロヴァキア
オーストリア
ハンガリー
ルーマニア
スイス
フランス
セルビア
ブルガリア
イタリア
トルコ
ギリシャ

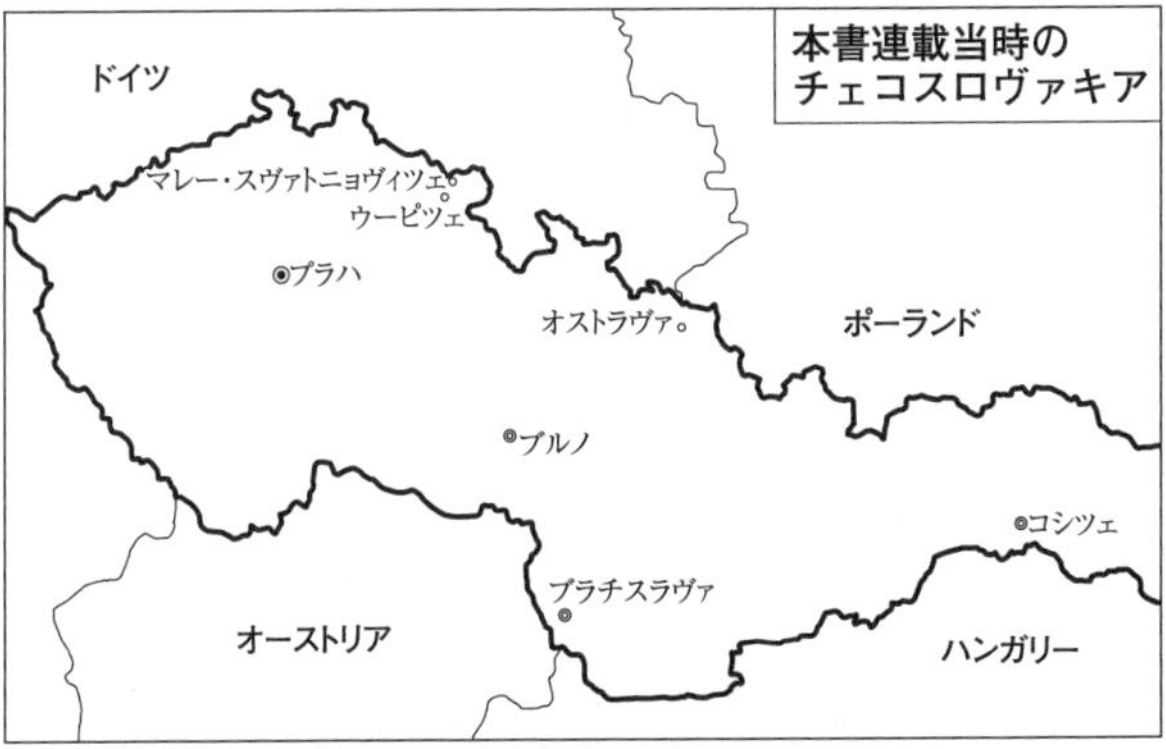
本書連載当時の
チェコスロヴァキア
ドイツ
マレー・スヴァトニョヴィツェ
ウーピツェ
プラハ
オストラヴァ
ポーランド
ブルノ
コシツェ
ブラチスラヴァ
オーストリア
ハンガリー

『園芸家12カ月』
単行本　誠文堂新光社　一九五九年刊
文　庫　中公文庫　一九七五年刊
　　　　中公文庫（改版）一九九六年

付記
一、本書は中公文庫版『園芸家12カ月』（改版二十刷　二〇一九年四月）を底本とした。底本中、難読と思われる語にはルビを付した。
一、本文中、今日の人権意識に照らして不適切な語句や表現が見られるが、訳者が故人であること、翻訳された当時の時代背景と作品の文化的価値に鑑みて、そのままの表現とした。

中公文庫

園芸《えんげい》家《か》12カ月《げつ》
——新装版《しんそうばん》

2020年8月25日　初版発行

著　者　カレル・チャペック
訳　者　小松《こまつ》 太郎《たろう》
発行者　松田 陽三
発行所　中央公論新社
〒100-8152　東京都千代田区大手町1-7-1
電話　販売 03-5299-1730　編集 03-5299-1890
URL http://www.chuko.co.jp/

DTP　嵐下英治
印　刷　三晃印刷
製　本　小泉製本

Published by CHUOKORON-SHINSHA, INC.
Printed in Japan　ISBN978-4-12-206930-5 C1198

中公文庫既刊より

各書目の下段の数字はISBNコードです。978－4－12が省略してあります。

む-4-9
Carver's Dozen レイモンド・カーヴァー傑作選
カーヴァー
村上春樹 編訳
レイモンド・カーヴァーの全作品の中から、偏愛する短篇、エッセイ、詩12篇を新たに訳し直した〝村上版ベスト・セレクション〟。作品解説・年譜付。
202957-6

ウ-8-1
国のない男
カート・ヴォネガット
金原瑞人 訳
戦後アメリカを代表する作家・ヴォネガットの、シニカルな現代社会批判が炸裂する遺作エッセイ。この世界で生きる我々に託された最後の希望の書。〈解説〉巽　孝之
206374-7

ク-1-1
地下鉄のザジ
レーモン・クノー
生田耕作 訳
地下鉄に乗ることを楽しみにパリにやって来た田舎少女ザジは、あいにくの地下鉄ストで奇妙な体験をする――。現代文学に新たな地平をひらいた名作。
200136-7

シ-1-2
ボートの三人男
J・K・ジェローム
丸谷才一 訳
テムズ河をボートで漕ぎだした三人の紳士と犬の愉快で滑稽、皮肉で珍妙な物語。イギリス独特の深い味わいの傑作ユーモア小説。〈解説〉井上ひさし
205301-4

タ-8-1
虫とけものと家族たち
ジェラルド・ダレル
池澤夏樹 訳
ギリシアのコルフ島に移住してきた変わり者のダレル一家がまきおこす珍事件の数々。溢れるユーモアと豊かな自然、虫や動物への愛情に彩られた楽園の物語。
205970-2

ハ-6-1
チャリング・クロス街84番地 書物を愛する人のための本
ヘレーン・ハンフ 編著
江藤　淳 訳
ロンドンの古書店とアメリカの一女性との二十年にわたる心温まる交流――書物を読む喜びと思いやりに満ちた爽やかな一冊を真に書物を愛する人に贈る。
201163-2

ハ-13-1
新訳 メトロポリス
テア・V・ハルボウ
酒寄進一 訳
機械都市メトロポリスの崩壊は、ある女性ロボットの誕生に始まる。近代ドイツの黄金期を反映した耽美に満ちたSF世界が新訳で登場！　詳細な訳者注・解説を収録。推薦・萩尾望都
205445-5